COLLECTION FOLIO

Charles Pépin

La joie

Gallimard

Charles Pépin, écrivain et philosophe, est traduit dans une vingtaine de pays. Il est l'auteur d'essais, dont *Les philosophes sur le divan* et *Quand la beauté nous sauve*, de bandes dessinées avec Jul, comme *La planète des Sages,* et de romans parmi lesquels figure *La joie.*

À mon père

La joie annonce toujours que la vie a réussi, qu'elle a gagné du terrain, qu'elle a remporté une victoire : toute grande joie a un accent triomphal.

BERGSON, *L'énergie spirituelle*

PREMIÈRE PARTIE

1

Je n'ai pas beaucoup dormi mais il y a ce bonheur dans mes muscles, cette chaleur dans mon sang qui me tiennent compagnie. Il y a cette lumière dans la ville, ce soleil de septembre qui réchauffe les cœurs et les capots des voitures. Je ne conduis que d'une main, l'autre bras pend à la fenêtre, j'aime tant sentir sous ma paume la portière brûlante, la caresse de la tôle au creux de mon avant-bras. D'ailleurs, je ne conduis pas vraiment, je suis conduit, je me laisse conduire : ce sont les rues qui décident pour moi, les rues, les feux et le soleil, ma voiture connaît par cœur le chemin de l'hôpital, je l'ai fait si souvent.

Aujourd'hui, maman a une bonne voix. Je l'ai entendu au premier de ses mots dans le téléphone, je lui dis que je serai là bientôt, que je roule déjà vers elle. Elle n'a qu'à fermer les yeux et s'endormir, je serai là à son réveil. J'accélère encore et il me semble que tous les feux de Paris sont synchronisés, qu'ils se sont donné le mot pour passer au vert.

Louise m'appelle, la voix ensommeillée. Elle veut savoir si je vais bien. Comment je fais pour tenir sans sommeil. Si j'ai une oreillette. Si ma réunion s'est déroulée comme je le souhaitais. Elle me dit qu'elle est encore au lit. Qu'il y a mon odeur dans les draps, notre odeur. À l'entrée de l'hôpital, pour qu'on m'ouvre la barrière, j'annonce que je suis attendu aux urgences. Ça marche depuis des semaines, je répète le même mensonge, la barrière se soulève comme par magie et je remercie hâtivement l'agent, coincé dans sa loge, qui ne me reconnaît jamais.

C'est le genre de choses que j'apprécie, tous ces petits miracles de la vie, une barrière qui obéit, des feux qui passent au vert, un ami qui appelle alors qu'on pense à lui, deux corps qui dorment ensemble, parfaitement emboîtés, sans même le faire exprès. Louise, toujours en ligne, s'amuse de mon mensonge. Maman n'a jamais été aux urgences, elle est en cancérologie mais les visiteurs n'ont pas droit à une place de parking dans l'enceinte de l'hôpital. Ils doivent stationner dehors et marcher dix minutes. J'ai encore réussi à me garer sous les fenêtres de sa chambre : cette place est toujours libre, comme si elle m'était réservée. Je l'aime vraiment, cet emplacement. Il y a un peu d'herbe, aucune manœuvre à faire, on se croirait à la campagne.

En refermant la portière, j'observe devant mon pied une petite fleur violette, éclose dans une fêlure du bitume. Comment a-t-elle fait pour arriver ici ? Pour percer et croître, échapper si longtemps aux pas et aux pneus ? Cherchait-elle ce soleil qui me caresse le front ? Je lève les yeux au ciel et il me semble que les nuages filent anormalement vite, que le vent les balaie pour faire place au soleil.

2

Ce bouquet est vraiment réussi : ce jaune, ce blanc, et ce feuillage qui relève le tout, c'est exactement ce que je voulais. J'arpente à grands pas les couloirs sans fin de l'hôpital en contemplant mon œuvre quand je tombe sur le professeur qui s'occupe de maman. Il a des dossiers sous le bras et la blouse boutonnée haut, juste sous la glotte. Il me propose de le suivre dans son bureau. C'est une aubaine : nous n'arrivons jamais à le voir. Lorsqu'il passe dans la chambre de maman, il semble tellement pressé qu'on ose à peine le questionner. Il me désigne la chaise où m'asseoir et je me dis qu'il a une sale tête. Il a toujours une sale tête mais là, c'est pire. C'est un être terne, obséquieux, très grand, toujours un peu voûté comme le sont les trop grands, avec quelque chose de fuyant dans le regard.

— Monsieur Solaro, je dois vous dire que les nouvelles ne sont pas bonnes.

Je le regarde et, comme à chaque fois que je

le regarde, je suis surpris de ne rien voir dans ses yeux. Il reprend :

— Vraiment pas bonnes.

— Ça fait longtemps qu'on n'a pas eu de bonnes nouvelles, vous savez.

Ma remarque semble le surprendre. Il me regarde bizarrement, derrière ses lunettes. Je ne sais pas pourquoi, j'imagine que je lui enlève ses lunettes et qu'il a soudain l'air plus fragile, que ses yeux laissent voir enfin autre chose que le sérieux et l'affairement, du coup je n'écoute pas vraiment ce qu'il dit. Peut-être qu'il le sent parce que son ton se durcit :

— Ce que je crois devoir vous dire, c'est que cela se compte désormais en jours, pas en semaines.

— Et aujourd'hui ?

Il semble interloqué, alors je reprends :

— Aujourd'hui, elle va comment ?

3

Louise me demande si je préfère dîner dehors ou chez elle mais je l'embrasse déjà sans enlever mon manteau. Je défais les boutons de sa chemise – une chemise d'homme –, je dégrafe son soutien-gorge et je libère ses seins, enfin je peux sentir sa peau brûlante contre ma langue. La porte de son appartement à peine refermée, j'adore la déshabiller, l'embrasser, la caresser, qu'elle soit entièrement nue avant que j'ôte le moindre de mes vêtements. Elle aime ça aussi. Tout est si naturel avec elle. Tout est si simple et si fluide. Qu'elle ait quelqu'un dans sa vie ou non, nous nous retrouvons et nous faisons l'amour. La seule différence, lorsqu'elle a quelqu'un, c'est que nous n'allons pas chez elle.

En Louise j'aime tout, sa façon de crier, de bouger, de se cambrer. Juste après, elle a froid ; elle se met à trembler. Nous nous relevons du sol et passons dans sa chambre, il lui faut une couette ou une couverture, il lui faut se blottir jusqu'à ce que cessent les tremblements. Elle a encore quelques spasmes, et puis ça se calme. Elle me dit : « Tu crois que c'est normal, autant de plaisir ? »

Je ne dis rien, je ne l'écoutais pas vraiment, alors elle précise :

— Autant de plaisir, je veux dire, vu les circonstances…

Je remarque qu'elle a les joues abîmées, rougies, que je lui ai fait mal avec mon début de barbe. Je ne sais pas trop quoi lui répondre alors je lui demande si ça la gêne, elle. Elle me répond que la question ne se pose pas en ces termes, que nous ne sommes pas dans la même situation et je me dis qu'elle a raison.

Je me dis surtout qu'elle est jolie, malgré ses joues irritées, avec ses mèches devant les yeux, et que je commence à avoir sacrément faim. « Tu imagines ? Des linguine "ail et piment" avec un bon bourgogne ? Un risotto aux truffes avec un vin des Pouilles ? Tu connais le Violante ? C'est un vin des Pouilles qui porte bien son nom… » « Oh oui, dit-elle simplement, oh oui », et je vois bien qu'elle a autant envie de linguine et de Violante que de refaire l'amour.

4

L'entretien avec le banquier s'est mal passé et je me retrouve dans la rue. Les piétons défilent avec le même empressement, obligés de contourner l'homme immobile que je suis. L'heure n'est pas à la flânerie dans ce quartier d'affaires. J'ai multiplié les arguments mais il n'a rien voulu entendre. Impossible de modifier le montant du découvert, obligation de rejeter les prélèvements, pas de remise sur les frais de rejet. C'est un peu vexant de redoubler d'ingéniosité et de se voir opposer toujours la même réponse. Un peu vexant aussi de s'être déplacé pour rien. Il a quand même reconnu que ma petite boîte tournait mais ce n'était pas suffisant : j'avais plus de sorties que de rentrées. Il a répété que c'était « mathématique » en insistant sur le mot et j'ai compris qu'il fallait s'incliner. Monsieur Solaro, a-t-il encore ajouté, vous dépensez plus que vous ne gagnez, alors fatalement, ça coince.

Je ne sais plus où je me suis garé. Je ne m'attendais pas au refus du banquier et à sa petite avalanche de conséquences. Je ne peux pas tirer d'argent, je vais devoir faire le tour des amis qui peuvent m'en prêter, appeler les créanciers et essayer d'éviter le dépôt de bilan. Mais nous n'en sommes pas là. J'ai rendez-vous à l'hôpital avec mon père et mon frère. Nous devons décider si maman y reste jusqu'au bout ou si elle finit ses jours chez elle. Mon père change d'avis toutes les cinq minutes et moi je n'arrive pas vraiment à savoir, au fond je crois que c'est une fausse question.

Je retrouve enfin la place où je m'étais garé, mais pas ma voiture. Je n'avais pas vu que l'emplacement était réservé aux livraisons. Elle est partie à la fourrière. C'est désagréable, mais pas seulement : il y a quelque chose d'irréel dans la disparition si rapide de sa voiture. Ce n'est vraiment pas mon jour et cette idée me fait sourire, je ne sais pas trop pourquoi.

En face, il y a un café où j'entre spontanément. Je demande un expresso serré au serveur qui traduit : « Un italien, un ! » Deux femmes discutent à une table voisine, j'imagine qu'elles prolongent leur déjeuner le plus longtemps possible avant de repartir au boulot. Je ne sais pas de quoi elles parlent mais ça a l'air drôle. Il y en a une qui raconte et l'autre qui n'en revient pas. Celle qui raconte est pas mal et celle qui n'en revient pas est franchement jolie. C'est amusant de les regarder sans les entendre. Le café est bon, fort comme il faut. Le genre de nectar qui réchauffe le ventre et l'âme, remet les idées en place. Je demande au serveur combien je dois, sors quatre pièces de ma poche et les lance sur le comptoir : le compte est bon, au centime près. Ça plaît au serveur. À moi aussi. Je repose ma tasse sur le zinc et peut-être est-ce le bruit qu'elle fait, ce tintement clair et sans appel, peut-être est-ce l'effet de la caféine dans mon corps mais soudain je me sens traversé par une force nouvelle, un plaisir d'exister qui donne envie de chanter.

5

Nous sommes au restaurant et mon père n'a pas touché à son assiette. « Essaie de manger un peu », lui dit Mathieu mais il ne répond rien. Soudain il lâche : « Vivre sans elle je ne pourrai pas. On peut tout me demander mais pas ça. » « Papa on n'en est pas là », rétorque sèchement Mathieu. « C'est vrai, c'est vrai, pardonnez-moi. Je suis désolé, parfois je ne pense qu'à moi. »

Juste avant de quitter l'hôpital, le professeur nous a annoncé que cela ne servait à rien de continuer le traitement. Après, il n'a pas su quoi ajouter. Alors il a répété que le traitement épuisait maman, qu'elle ne le supportait plus, que c'était la décision la plus sage mais qu'il ne la prendrait qu'avec nous, évidemment. Mon père a insisté, il voulait savoir comment on pouvait en être sûr. Il a rappelé au professeur que maman avait déjà connu une rémission inespérée, l'année dernière, et le professeur a admis que c'était vrai, qu'il en avait été lui-même surpris – surpris et heureux, bien sûr. J'ai trouvé ça bizarre qu'il précise. « Mais cette fois, c'est différent », a repris le professeur. « Et pourquoi ? » Il y avait de la colère dans la voix de mon père. « Il n'y a pas d'autres traitements ? D'autres protocoles, plus doux, moins agressifs ? Comment peut-on être sûr ? Comment pouvez-vous savoir ? Vous étiez déjà sûr la dernière fois… » Il a finalement réussi à faire admettre au professeur que la médecine n'était pas une science exacte, qu'il était « presque certain » mais pas « certain ». Et plus personne n'a su quoi dire.

« Alors, on fait quoi ? » demande Mathieu. Mon père ne répond pas. Et puis en se redressant, la main levée pour demander l'addition : « On fait ce qu'on a toujours fait, on continue à se battre, on écoute son cœur et pas ces cons de médecins, on continue. » Mathieu et moi on se regarde : je crois qu'à cet instant on s'inquiète plus pour lui que pour elle.

Après avoir déposé mon père chez lui, je décide d'aller faire un footing. En m'agenouillant pour lacer mes chaussures, je me sens lourd, fatigué. J'ai tout le poids de mon corps dans mes cuisses, j'ai même du mal à me relever. Je cours d'abord sur le trottoir, puis sur la route à cause des piétons, en direction des quais de Seine. Il commence à pleuvoir mais ce n'est pas désagréable, c'est même plutôt une bonne nouvelle, ce petit crachin qui me fouette le visage tandis que j'accélère. Je fais en courant des moulinets avec les bras pour essayer de dissiper les douleurs en haut du dos, dans les épaules, mais il n'y a pas de miracle... Heureusement la route descend. Ça me fait du bien d'arriver au bord de l'eau, de retrouver ce petit chemin le long des péniches. Le vacarme des voitures est plus lointain maintenant, elles passent plus haut et c'est comme si je venais de changer de monde. De là où je suis, le bruit qu'elles font en glissant sur la chaussée mouillée ressemble à celui de la mer. Là-bas c'est la ville, l'urgence et les klaxons, c'est la hâte et le travail, ici c'est la campagne, la province soudain, c'est la Hollande ou les pays de Loire, ce sont des péniches attachées à des piquets de bois, ce sont des boîtes aux lettres colorées à côté de ces piquets, des boîtes rouges, vertes, bleues, comme des hérons ou des flamants roses. J'ai moins mal aux poumons, l'air ne me brûle pas comme au début, je fais moins d'efforts pour courir. La pluie s'intensifie et je me sens de mieux en mieux, la Seine est belle, piquée de pluie, d'un vert profond sous le ciel gris.

J'essaie d'accélérer encore mais un point de côté me rappelle à l'ordre, alors je ralentis, les mains sur les hanches en expirant doucement pour que ça se calme. Finalement, je crois que ce point de côté m'aide à me régler, à ne pas en demander trop à mon corps, à inspirer et à expirer sans excès. Maintenant je suis bien, je ne pense plus à mes foulées ni à mon souffle, je ne pense plus à rien et le paysage défile, tout glisse désormais, le monde est moelleux sous mes pieds et j'ouvre la bouche pour sentir un peu de cette eau qui tombe du ciel, je tire même la langue et j'ouvre grands mes bras, j'accélère à présent, j'accélère mais pas trop, tout est bien comme ça, je vois la pluie qui réveille la Seine et je la sens chaude sur mon front, sur mes joues, j'ai trouvé mon rythme ; je me répète que c'est bon, c'est bon d'avoir un corps.

6

Au début, j'avais du mal avec cet hôpital, ces grands couloirs sales, ces ascenseurs qu'on attend des heures sans jamais comprendre où ils sont arrêtés et surtout cette odeur, je ne pouvais pas m'empêcher de me dire que ça puait l'hôpital, le corps souffrant et les médicaments ; à peine arrivé j'avais envie de partir. Le plus souvent, c'est d'ailleurs ce que je faisais, je me disais que le meilleur traitement pour maman c'était de ne pas s'éterniser dans ce nid de microbes. Aujourd'hui c'est différent, je ne sais pas ce qui a changé mais plus rien ne me gêne, c'est peut-être l'habitude. Il y a même des choses que j'aime retrouver : le « Point Presse » au rez-de-chaussée, le distributeur de boissons et ses cappuccinos, les toilettes publiques à l'étage de maman avec leur savon liquide et ce parfum d'amande douce qui me rappelle mon enfance, je ne sais pas exactement quoi, peut-être des bonbons ou des bâtons de colle, une odeur très précise que je n'avais jamais retrouvée. Parfois, j'y vais exprès, je n'ai pas besoin de me laver les mains mais je le fais quand même, juste pour l'odeur. Même la vue de sa chambre, je la trouve maintenant jolie. Nous sommes au huitième étage et, d'en haut, les bâtiments de brique rouge, les arbres et les petites allées font comme une cité étudiante, un village paisible.

Maman reçoit tellement de morphine qu'elle commence à moins souffrir. Il n'y a plus d'espoir et elle le sait. Elle le sait depuis des semaines. Je le vois dans ses yeux, je le vois à chaque fois que mon père redouble d'efforts, il voudrait meubler tous les silences, il voudrait toujours arriver dans la chambre d'hôpital avec un petit cadeau, des fleurs ou autre chose, il voudrait que le bleu ciel des murs de la chambre ne soit pas déprimant ; il voudrait que les choses soient autrement. Il a même fait enlever l'énorme téléviseur qui sortait du mur comme un insecte et nous empêchait d'aller et venir dans la chambre. Il ne voit pas les yeux de maman qui disent ce qu'elle ne peut lui dire. Elle n'y croit plus. Elle s'est bien battue, mais elle ne peut plus. Ce n'est pas qu'elle l'abandonne, elle ne l'abandonnerait pour rien au monde, c'est qu'elle n'en peut plus. Elle n'en peut plus d'avoir mal. Lui s'est toujours battu, pour elle, pour eux, pour leur quotidien, pour leurs vieux jours, pour les droits des salariés, pour tout. Il vient de sortir faire une course et je suis seul avec elle. Tous les deux, nous supportons assez bien le silence.

Le professeur entre sans frapper avec son dossier sous le bras. Il a fait son entrée dans la chambre comme quelqu'un qui se croit important, qui se sait attendu. Son dossier, il ne l'ouvre pas. Il n'a rien à dire mais le dit avec des mots qu'il pense bien choisis, en nous regardant avec une pseudo-compassion, du haut de son mètre quatre-vingt-dix. Je sens que maman pense comme moi. Ce professeur, c'est son job de prendre cette mine affectée. Ça n'a jamais aidé ceux qui souffrent qu'il arbore une mine constipée, personne ne le lui a jamais dit ? Il me fait penser à ces prêtres qui vous regardent avec tendresse mais qui, en fait, regardent tout le monde pareil. C'est leur job, à eux aussi. Finalement, ils ne vous voient pas ; ils vous traversent du regard. Ils ne sont pas là. Quand le professeur quitte la chambre, je l'imagine dans un dîner en ville, sans sa blouse blanche mais plein de sa fonction.

Maman me murmure qu'elle va peut-être dormir. Je lui fais cette blague qu'elle ne pense vraiment qu'à dormir, je crois voir dans ses yeux qu'elle trouve quand même ça drôle. L'infirmière n'a pas le même humour : Aïssatou est très premier degré. Maman semble si menue sous son drap blanc et rêche, elle doit peser quarante kilos. Moins que tous les tuyaux, sondes et autres poches qui l'encombrent. Je vais faire un tour au « Point Presse », mon pas est de plus en plus dynamique dans les couloirs qui n'en finissent pas. Si souvent j'ai marché dans les rues et les maux se sont dissipés : je marche, je marche vite dans le vent froid et tout retrouve sa place. J'accélère encore en revoyant maman sur une plage du Portugal, son sourire ébloui de soleil, elle tourne la tête vers l'objectif, ce doit être mon père qui prend la photo. C'était toujours lui qui prenait les photos, si bien qu'il se plaignait de ne jamais être dessus. C'est une vraie ville, cet hôpital, avec ses carrefours et ses panneaux, ses différents quartiers, ses machines un peu partout pour se repérer : on y tape sa destination et le chemin s'illumine, je ne suis pas sûr que ce soit très pratique. Je regarde les journaux, les magazines : plusieurs titres m'intéressent, il y a quelque chose de chaleureux dans les couleurs criardes des unes. La vendeuse semble désapprouver que je les feuillette sans les acheter mais elle n'ose pas le dire, alors j'en profite.

Maman ne dort pas. Elle a mal de nouveau. J'arrive à lui arracher le début d'un sourire en me moquant de notre président de la République. Ce sourire, c'est ma vie, ma lumière.

Je demande à Aïssatou ce qu'elle en pense, mais Aïssatou, la politique, ça ne l'intéresse pas. Elle n'apprécie pas mes blagues mais, au moins, elle est gentille avec maman. C'est toujours mieux que l'énorme Maryse, l'infirmière du matin. Ses gestes sont brusques et son pas lourd : tout en elle indique le besoin de se venger de sa vie.

Le sourire de maman s'envole vite, elle retrouve cette manière de fermer les yeux de douleur. Je mets ma main sur son poignet mais je lui fais mal, à cause du cathéter. Je recule un peu et j'évite de justesse la poche à urine. La visite de mon oncle tombe au mauvais moment. Maman n'est pas en état de parler et lui ne sait pas quoi dire. Je vois bien que la présence de son frère lui pèse. Voilà des années qu'ils ne sont plus si proches. C'est un juif ashkénaze pince-sans-rire, parfois drôle, mais pas aujourd'hui. Nous n'avons jamais eu beaucoup d'échanges. Heureusement, il ne peut rester « plus d'un petit quart d'heure ». Son départ nous soulage. Maman respire douloureusement, dans un sifflement. Je regarde les hématomes sur ses avant-bras, je regarde tous ces tuyaux, celui qui relie le cathéter à la perfusion, celui qui mène à la poche à urine, celui qui conduit à la solution morphinique. Elle plonge ses yeux dans les miens et nous nous comprenons, nous nous comprenons depuis toujours.

Je lui prends la main en lui disant de regarder dehors, comme il fait beau, comme le ciel est bleu, je lui répète doucement de s'endormir en regardant le ciel.

7

Je suis au volant de ma voiture et je fonce dans cette avenue très large qui traverse le bois. Paris est devant moi, les hautes tours de La Défense s'éloignent dans mon rétroviseur. La réunion a été dure mais elle s'est bien finie : j'ai emporté le morceau. Elle s'est tenue au sommet d'une des plus hautes tours. Beaucoup jugent ces tours laides, détestent y travailler. Moi je les vois scintiller dans mon rétroviseur, lumineuses comme dans un rêve, pleines d'arrogance, de poésie. Il est vrai que je n'y travaille pas, j'y passe simplement pour quelques rendez-vous. Quand je fais mon show, quand j'expose mon projet et que je dois convaincre, j'ai besoin de marcher, il faut que je marche pour que viennent les mots, il faut que je marche et parle avec les mains.

Au début, je voyais leurs têtes de types à qui on ne la fait pas et je me disais que c'était ma dernière chance, que si je ne vendais pas cette idée-là c'était le dépôt de bilan. Je sentais des résistances partout. Ils m'avaient annoncé la couleur dès l'ouverture de la réunion : « Nous n'avons pas beaucoup de temps et nous avons déjà pris connaissance de votre projet. Le moins que l'on puisse dire est qu'il ne nous emballe pas. Nous vous écoutons. » La salle n'était pas assez spacieuse pour que je puisse marcher en parlant, et je me retrouvais bêtement debout, à disserter devant des hommes assis. La plupart avaient de sacrées bedaines, prêtes à faire éclater leurs chemises blanches ou bleues. Certains me semblaient respirer avec difficulté, je me suis dit que la position assise devait être un supplice avec des ventres pareils et je me suis promis de continuer à courir pour ne jamais leur ressembler. Mes idées s'enchaînaient mal et j'avais une douleur au coude, insistante et pointue, lorsque je dépliais mon bras. L'événement que je leur proposais était cher, risqué en termes d'image, avec obligation de trancher dans l'urgence. Tout ce qu'ils détestent. Mais je crois que c'est ce qui m'a plu. Ces résistances, je me suis appuyé dessus, comme si elles avaient allumé quelque chose en moi. Et c'est passé, c'est même passé en beauté. Ils ont compris leur intérêt, la possibilité de toucher la banlieue avec leurs cocktails à base de whisky. Ils ont dit qu'ils allaient y réfléchir, mais ça voulait dire que c'était bon, qu'ils allaient prendre le risque et signer le gros chèque. Le boss m'a demandé comment j'avais eu cette idée : un événement prestige dans la discothèque phare de la banlieue sensible. Mais je n'ai pas eu le temps de répondre, ils s'étaient tous déjà levés, dossiers sous le bras, prêts à partir. De toute façon, c'est le genre d'homme qui pose les questions mais ne perd pas de temps à attendre les réponses.

J'entre dans Paris et m'engage sans freiner dans une voie de bus. Je brûle le feu qui vient de passer au rouge, une voiture surgit de la droite, le terre-plein central se rapproche dangereusement, tout va très vite mais c'est comme au ralenti que je regarde à gauche, à droite, dans le rétroviseur ; j'écrase la pédale de l'accélérateur et tout s'arrange. Dans mon rétro les tours sont encore là, les klaxons hurlent de partout mais je les entends à peine : la musique est plus forte.

Il y a du bruit dans ce café, des gars qui s'emportent, une fille qui rit beaucoup à deux tables de nous et le serveur qui range ses verres sans ménagement – on dirait même qu'il s'amuse à les entrechoquer. Il faut crier pour réussir à se parler.

Je suis avec Ange, à qui je viens de demander s'il pouvait me prêter de l'argent. « Pas de souci, tant que tu ne me demandes pas d'où il vient ! » Ange est corse et je ne me suis jamais vraiment intéressé à la manière dont il gagne sa vie. Il n'a que de l'argent liquide, jamais de petites sommes, mais qui suis-je pour juger ? J'ai souvent eu des amies qui refusaient de m'accompagner lorsque j'allais le retrouver. Même Louise m'a fait le coup, elle m'a dit qu'elle le trouvait malsain, qu'elle préférait ne pas le voir et que je ne le fréquente pas. Mais quand je bois un verre avec quelqu'un, je ne me demande pas comment il a gagné son argent. Quand je suis bien avec quelqu'un, je ne me pose pas toutes ces questions. C'est d'ailleurs ce que j'ai dit à Louise : « Quand je fais l'amour avec toi, je ne me demande pas avec qui tu as couché la veille. » Elle n'a pas compris le rapprochement, pourtant il me semble que c'est un peu pareil.

C'est le repaire d'Ange, ici, il parle en débit accéléré, me raconte sa séance d'entraînement dans son club de tir, les flics qu'il y côtoie et, sans transition, ce que lui a hurlé une Parisienne des beaux quartiers pendant qu'il lui assénait des coups de reins. « Les filles sont quand même parfois étranges… » Je lui dis qu'il n'a qu'à demander à la fille d'à côté ce qu'elle en pense et il le fait sans attendre, se lève et déplie son grand corps de boxeur pour aller lui parler à l'oreille. Je ne vois pas sa réaction, son visage est masqué par la longue chevelure d'Ange. Il revient en lâchant qu'elle n'a rien compris mais qu'elle a adoré. Ange aime les propos misogynes, il aime aussi les propos racistes ou antisémites.

Ça me dérange un peu mais, dans ces moments-là, j'ai du mal à le prendre au sérieux. Avec lui les idées volent, les mots fusent, ça part dans tous les sens et j'aime ça, j'aime son grand corps qui réclame du mouvement, la rage qui est en lui et qui exige sa proie. Elle le rend raciste parfois et parfois généreux. Parfois drôle et parfois pas du tout. Il flirte avec l'extrême droite, hier c'était l'extrême gauche, mais au fond qu'est-ce qu'une conviction ? Ange a des idées sur tout et elles changent tout le temps, est-ce qu'il croit à ce qu'il dit ou est-ce qu'il joue à le croire pour le plaisir de provoquer ?

J'ai toujours eu du mal avec ceux qui étaient trop attachés à leurs convictions, je trouve ça pathologique d'y être ainsi accroché, louche surtout... Comment peut-on ne pas douter ? En fait je les trouve tristes, les gens attachés à leurs convictions, je ne sais pas pourquoi. Ange, je le sens libre. Parfois il dit des choses qui me déplaisent alors je le lance sur un autre sujet et c'est comme une boule de feu qui rebondit. Il argumente comme il boxe, souple, nerveux. Nous commandons d'autres demis et le serveur crie « Deux demis, deux ! » d'une voix qui domine le tumulte des verres puis il repart en courant, le plateau au-dessus de sa tête.

8

J'ai quitté l'hôpital plus tard que prévu, j'attendais que maman se réveille pour l'embrasser avant de partir. Finalement, quand je me suis décidé à y aller, elle dormait encore mais semblait sereine. J'ai déposé un baiser sur son front, sa respiration était régulière et ça m'a rassuré. J'ai croisé Aïssatou dans le couloir qui m'a demandé si maman était seule, je lui ai répondu que mon frère arrivait mais que je devais filer. Je n'ai pas bien entendu ce qu'elle marmonnait mais j'ai eu envie de la taquiner, j'aime bien son accent quand elle me répond qu'elle ne fait pas de politique. Il me reste vingt minutes pour rejoindre ma voiture, puis prendre le périphérique, l'autoroute, et faire soixante kilomètres vers le nord. À peine installé au volant, je branche mon téléphone sur l'allume-cigare, ouvre mon agenda sur le siège passager et démarre dans la foulée – c'est jouable.

Soudain une scène me revient : j'ai vingt ans

et je suis sur un autre parking d'hôpital. Ma grand-mère que j'adore a un cancer en phase terminale, je vais la voir presque chaque jour entre les cours de mon école de commerce. Elle n'a plus de cheveux, plus de forces, le visage gonflé par les traitements, mais elle arrive encore à jouer de son si beau sourire, on se demande comment elle fait, toute la famille est accablée, c'est venu trop vite, trop tôt surtout, ma mère et mon oncle répètent que c'est injuste, que les salauds vivent vieux, que les meilleurs partent les premiers, et moi je trouve ça bizarre cette idée d'injustice... Qu'est-ce qui est injuste ? Et qu'est-ce qui est juste ? Je suis triste mais l'idée d'injustice me semble déplacée. Parfois je dois quitter la chambre de ma grand-mère parce qu'elle reçoit des soins, je vais alors dans ma voiture sur le parking. C'est ma première voiture, cabossée de partout, jaune canari délavé par le soleil et le temps, une sorte de voiture de plage remplie de cassettes et de manuels de marketing, de comptabilité... Je suis en pleine période d'examens et je me jette sur mes livres avec une étrange boulimie, au milieu du parking, j'avale mes chapitres en enfonçant dans l'autoradio des cassettes de boogie-woogie. Ils n'ont rien de passionnant ces manuels de marketing mais je les dévore, il me suffit de surligner un passage au Stabilo et ça y est, je l'ai dans la tête, alors je referme le livre, je claque la portière et je remonte voir ma grand-mère.

L'autoroute du Nord est comme un gigantesque ruban mauve sur lequel je glisse. Je souris en pensant aux cadres en costumes de la direction de la communication, je les imagine en train de quitter La Défense pour se rendre dans cette banlieue pourrie, dans ce no man's land collé à Roissy. Ils doivent me maudire d'avoir eu cette idée et se demander comment leur boss a pu la trouver bonne. L'Enigma est la plus grosse discothèque de France, toute la banlieue parisienne s'y retrouve le samedi soir. La première fois que j'en ai entendu parler, c'est parce qu'il y avait eu un mort lors d'un règlement de comptes sur le parking. Il suffit qu'il y ait un peu de médias lors de l'événement et ce sera un succès, le message passera : les banlieusards ne sont pas condamnés à la bière, aux joints et aux drogues de synthèse, ils ont droit eux aussi à la subtilité des grands whiskys.

C'est cet argument qui a semblé toucher le responsable de l'image du groupe : devant les mines réticentes des membres de son équipe, il a embrayé tout seul sur la nécessité de s'adapter à la France d'aujourd'hui, sur le nouveau visage des classes moyennes – pour finir, il ne voyait pas de meilleur endroit pour lancer cette gamme innovante de cocktails à base de whisky. Un de ses collaborateurs s'apprêtait à faire une objection mais il a coupé court avec autorité : « Écoutez, Jean-Marc, nous irons faire un petit tour en banlieue et personne n'en mourra. »

De l'autre côté, en direction de Paris, les voitures sont quasi à l'arrêt, mon allure n'en est que plus vive. Je laisse sur ma droite le Stade de France, la basilique de Saint-Denis, tous les deux se détachent, majestueux, sur le fond du ciel bleu et je me dis que c'est beau. Le ruban de l'autoroute se tend sous le soleil, j'appuie sur le champignon et je rattrape mon retard. Je ne sais par quel hasard j'arrive à me repérer dans cette zone industrielle mais me voici sur l'immense parking, face à l'Enigma qui ressemble davantage à un vaisseau spatial qu'à une boîte de nuit. Dans un bruit sourd, un avion passe si bas qu'on croirait qu'il peine à décoller. Je me dis que les moteurs des avions sont plus bruyants l'été, quand il fait chaud, je ne sais pas si c'est vrai. J'imagine, la nuit, sur les terrasses, les danseurs, le verre à la main, qui se crient dans les oreilles à cause de la musique et des mugissements des avions.

C'est agréable d'être presque la seule voiture sur un parking si grand, je me laisse un peu flotter, je tourne à droite, à gauche, je retarde le moment de me garer et de m'annoncer à l'entrée. D'un côté du parking, une barre HLM, des immeubles bas mais délabrés, de l'autre, une zone pavillonnaire où l'on devine, alignées, les mêmes petites maisons.

Je n'avais pas vu cette bande de jeunes regroupés autour de voitures stationnées, deux grosses BMW noires, au bout du parking. Ils semblent regarder dans ma direction, ils ne doivent pas comprendre ce que je fais, à tourner en rond sans but sur le parking. Lorsque j'arrive à leur niveau, je sens une forte odeur de joint et je remarque une fille brune avec un air sauvage, je croise son regard en roulant au pas juste devant le groupe. C'est la seule fille de la bande, elle doit être entourée de quatre ou cinq grands mecs en sweat ou en T-shirt et c'est elle que je regarde pendant que l'un d'eux s'adresse à moi : « C'est quoi ton problème là à tourner autour de nous ? » Je réponds que je n'ai pas de problème, que je me baladais juste un peu avant de me garer. « Alors casse-toi, va te balader ailleurs. » Je suis tenté d'accélérer pour éviter l'embrouille mais ça me gêne d'avoir l'air d'obéir. Et puis il y a quelque chose chez cette fille qui me fascine, une arrogance dans les yeux, j'ai du mal à détourner les miens. Je me suis arrêté sans trop m'en rendre compte. « Hey, t'as pas compris, on t'a dit de te casser. » Cette fois, c'est elle qui a parlé, soudain leur agressivité me semble grotesque. Je m'apprête à redémarrer mais je n'en ai pas le temps : le gars reprend la parole, visiblement c'est le chef de la bande parce qu'il est le seul à l'ouvrir, il a une dent en argent sur le devant qui lui donne un air de chien abruti, abruti et méchant. « Écoute je crois que t'as pas capté, t'es chez moi ici, alors tu vas nous donner ce que t'as sur toi et après tu vas te casser comme on te l'a gentiment demandé et surtout tu vas baisser tes sales petits yeux et arrêter de la mater, et toi aussi tu recules, lance-t-il à la brune sur le même ton, tu recules et c'est tout. » « Tu te prends pour qui toi ? Je suis pas ta chose ! » J'ai cru une seconde que la brune s'adressait à moi mais c'est à lui qu'elle parle, il se retourne d'un coup vers elle et elle recule en le traitant de fils de pute de sa mère et en disant qu'elle ne lui appartient pas, ils sont maintenant devant ma voiture, j'attends qu'ils se poussent pour pouvoir démarrer mais la brune en profite pour ouvrir la portière du passager et s'engouffrer dans ma voiture. J'accélère sans trop réfléchir mais au bout de quelques mètres elle me hurle d'arrêter : « Tu crois quoi connard ?! Tu crois que tu m'intéresses avec ton 4×4 de beauf et ton costume de mort ? Vas-y freine et casse-toi. » La voiture n'est pas encore arrêtée que la fille a déjà sauté dehors, cette fois j'accélère un bon coup et mes pneus crient sur le bitume. Je suppose qu'elle rejoint les autres mais j'ai le soleil dans le dos et je les distingue mal dans le rétroviseur, ils sont loin maintenant, ils ne sont plus que des silhouettes en contre-jour, des ombres tremblées que la chaleur efface.

9

Je croise mon frère par hasard dans le gigantesque hall de l'hôpital et je suis content de le voir, ce n'est pas tellement surprenant au regard du temps que nous passons dans cet hôpital mais de voir apparaître son visage au milieu des anonymes me fait plaisir, je lui demande machinalement si ça va, et il m'aboie dessus : « Non, ça ne va pas, c'est ce que tu veux entendre ? » Je ne sais pas trop quoi lui répondre, je ne vais pas m'abaisser à justifier ma question, ni préciser que c'est dur pour tout le monde. Il m'annonce que le professeur veut nous voir tous les trois, lui, papa et moi, demain matin à 9 h 15, et qu'il n'aime pas trop ça. Puis il change de ton : « Toi je vois que ça va en tout cas. » Je ne relève pas, je mets cela sur le compte de l'épuisement, de la souffrance. Nous avons décidé de ne plus jamais laisser maman seule dans sa chambre la nuit et nous nous relayons, il y a un gros fauteuil en skaï que l'on peut incliner pour essayer de somnoler un peu. La nuit dernière, c'est Mathieu qui l'a passée à l'hôpital : il n'a sans doute pas fermé l'œil de la nuit, il n'a jamais supporté le manque de sommeil. Il fait trop chaud la nuit dans la chambre de maman, et le contact du skaï est vite insupportable. De toute façon, Mathieu a toujours été comme ça, mélancolique jusqu'au mutisme ou en colère contre le monde entier.

Ce soir, c'est mon tour de dormir avec maman. Tout compte fait, ce sont des moments que j'aime bien. Parfois, tout est silencieux et elle semble paisible, je me sens heureux auprès d'elle et je m'endors à mon tour, je plonge dans des rêves simples et doux, des scènes de campagne, de plage, de famille réunie, des rêves où elle est toujours là, souriante, discrète mais centrale. Bien sûr, il y a aussi les moments où elle souffre, l'agitation la gagne et alors le sommeil apparaît comme le Graal, le bonheur le plus pur, et je lui répète que je suis là, je continue à lui parler tout bas même quand elle semble ne pas m'entendre et je me dis que ma place est vraiment à ses côtés.

Mathieu enchaîne : « En même temps, ça tombe bien qu'on se croise ici, papa m'a dit qu'il voulait rester seul avec maman, je lui ai dit qu'on l'attendait dans le hall. » Je demande à mon frère comment vont ses enfants et il semble s'assombrir : « Ils vont bien, très bien même, on dirait qu'ils ne se rendent pas compte. » J'essaie de le rassurer en lui disant que les ados sont ainsi, très centrés sur eux-mêmes, mais ça n'a pas l'air de marcher. Mon père nous rejoint finalement : il marche plus lentement que d'habitude, les yeux dans le vague. Nous nous dirigeons vers la sortie et je leur dis : « Venez, on va dîner un truc ! » Je me rends compte que je marche plus vite qu'eux, je dois ralentir pour les attendre et même en ralentissant j'ai du mal à régler mon pas sur le leur. Ils n'ont pas l'air très chaud pour aller dîner, moi il faut que je mange quelque chose sans quoi je vais crever de faim cette nuit à l'hôpital, et ce ne sont pas les paquets de chips ou les barres chocolatées du distributeur qui vont me faire tenir. Je demande à mon père où il veut que nous allions dîner, de quoi il a envie. Alors, d'une voix basse, éteinte, il s'adresse à moi en me regardant comme s'il peinait à me reconnaître : « Tu me demandes de quoi j'ai envie ? »

10

Souvent nous nous disons que le paroxysme est atteint, que nous ne pouvons que redescendre, que plus de plaisir, ça n'est pas possible. Et puis nous constatons, trempés de sueur, sur le sol de sa cuisine ou sur son lit, dans la voiture ou sous une porte cochère, que nous nous sommes trompés. Souvent j'ai encore envie d'elle et elle me dit qu'elle ne peut plus, que c'est trop, que son corps ne peut plus, mais c'est faux, c'est presque toujours faux, elle peut encore.

Louise se blottit contre moi et me demande : « Un jour, tu me feras un enfant ? »

Je lui réponds pourquoi pas, si tu veux, en lui caressant les cheveux. Il y a quelque chose dans la douceur de ses cheveux, dans la douceur de sa peau, je pourrais les reconnaître les yeux fermés. Et c'est vrai, pourquoi pas ? Par la fenêtre je regarde le ciel et c'est une évidence, ce bleu depuis toujours, plus pur que du métal.

« Tu sais, ce n'est pas toujours facile ; un jour je te sens là, je te sens amoureux et tendre, et le jour d'après tu es ailleurs. Moi j'ai trente-huit ans et si j'ai un enfant avec toi c'est maintenant, maintenant ou dans pas trop longtemps… Tu comprends ? »

Je ne sais pas quoi lui dire. Je suis bien, je sens le sommeil me gagner et pour seule réponse je continue à lui caresser les cheveux. Voir grandir un enfant d'elle ou poursuivre ma vie sans elle, au fond les deux me plaisent. Nous nous connaissons bien : elle sait que tout me plaît. Nous avons déjà eu cette discussion et elle m'avait dit : « D'accord, les deux te plaisent, mais est-ce que les deux te plaisent *autant* ? »

Il fait si beau dehors, je sens du soleil dans mon corps et tout me tente vraiment. Un enfant de notre bonheur… nous sommes si bien ensemble… tout a toujours été si facile… Mais si tout devait finir maintenant, je porterais sur notre histoire un regard ébloui ; je serai heureux aussi. Maintenant, il y a un peu de sourire dans sa voix :

— Tu n'as pas… une petite préférence ?

Elle appuie sur le mot préférence comme si elle parlait à un débile et j'aime entendre dans sa voix cette pointe d'amusement. Je lui réponds que je ne sais pas. Ça dépend des moments. Elle me demande si ça dépend du temps qu'il fait. Sa voix a légèrement changé. Un peu moins de sourire, un peu plus de reproche, mais vraiment pas grand-chose. Elle dit que ce doit être à cause de la maladie de ma mère. Puis rectifie toute seule : « Mais non, cela n'a rien à voir, tu as toujours été comme ça. D'ailleurs, tu sais depuis combien de temps on se voit ? »

11

Je sors mes clefs dans la rue déserte et tout de suite ils sont quatre. Je reconnais immédiatement le gars du parking avec sa dent en argent et son prénom me revient : Rédoine. C'est lui qui me fait face, les autres sont autour. Je n'ai pas le temps d'avoir peur, le premier coup je me le prends dans le ventre et je suis déjà à terre à essayer de reprendre mon souffle. Je vois des grosses baskets et quelque chose qui brille sur le trottoir. Je comprends que c'est mon trousseau de clefs mais Rédoine shoote dedans et j'ai le temps de me dire qu'après, quand ce sera fini, je ne pourrai plus rentrer chez moi. Il n'y a que Rédoine qui parle. Il parle et les autres se taisent. « Tu crois que t'es qui toi ? Tu crois quoi ? Que tu peux faire ce que tu veux et rentrer bien au chaud à l'abri du périph ? Tu m'as pas trop calculé, je crois. »

Il y a un moment où je me sens presque bien, c'est quand j'arrive de nouveau à respirer, à cet instant précis plus rien n'existe, je suis simplement heureux d'avoir un peu moins mal, de ne plus suffoquer. Je tente de me relever mais n'en ai pas le temps, je crois que lui ne cogne pas, qu'il laisse faire les autres, j'essaie de me mettre en boule et de me protéger la tête, de me protéger le ventre, mais un coup de pied plus fort que les autres me retourne complètement et juste après, je sens quelque chose se briser au-dessus de mon œil et là c'est très étrange, ce coup-là ne fait pas mal, je vois le sang qui gicle mais je ne sens plus rien.

« Les petits Blancs comme toi, ça reste tranquille et ça la ramène pas, OK ? Ça se tient bien sage à l'abri du périph et quand ça sort ça reste tranquille, OK ? Parce que nous quand on passe le périph on sait ce qu'on a à faire : on relève les compteurs, on règle des comptes, on sait ce qu'on a à faire. » Rédoine se penche vers moi et me tend la main mais je ne vois rien, j'ai du sang dans l'œil et du mal à respirer. « Tu veux passer un coup de fil. Tu veux porter plainte ? » Quand je comprends qu'il s'agit d'un portable, je vois son bras qui se lève, ils sont tous sur moi, ils m'immobilisent et lui me défonce le genou, son bras monte et s'abat comme une machine qui s'enraie, il cogne toujours au même endroit avec la tranche du portable et je hurle comme une bête, et puis j'entends un bruit de moteur, une accélération et le crissement des pneus, ils ne sont plus là.

Ça ne vient pas tout de suite mais ça vient finalement. Je pleure et le trottoir a un goût de sang. Je pleure et ça fait un bien fou.

12

Devant le cimetière c'est un défilé de voitures. Les portes s'ouvrent et les gens sortent, parfois même ils sourient. La plupart portent des lunettes de soleil. Certains ne se sont pas vus depuis longtemps et sont contents de se revoir, même pour un enterrement. Il y a du monde, beaucoup de monde. Tous les frères et sœurs de maman, tous ses amis, de nombreux collègues, des anciennes élèves. Il y a du soleil, beaucoup de soleil, des fleurs qui éclatent partout dans le cimetière. Il y a même des espaces entre les tombes, des petits enclos remplis de fleurs aux couleurs vives que le soleil de midi blanchit et c'est un seul éblouissement. Un cimetière aussi beau, c'est troublant, je n'en ai jamais vu de pareil. Accroché à une colline dans une lointaine banlieue de Paris, le cimetière n'est pas clos : après les dernières tombes, si on grimpe, on se retrouve les pieds dans l'herbe, en bordure d'un sous-bois.

Nous avons voulu une cérémonie laïque, parce que maman en avait vaguement émis le souhait. Mon père m'a demandé de faire le maître de cérémonie, il ne s'en sentait pas capable, Mathieu non plus. Il s'agit d'organiser les différentes prises de parole et les moments musicaux, dans la petite salle à l'entrée du cimetière. Nous sommes réunis devant le cercueil et tout se passe pour le mieux. La lumière qui entre par les baies vitrées fait briller les poignées en fonte du cercueil. En recevant les discours, les jours qui ont précédé, j'avais pensé à un enchaînement et je suis heureux de voir qu'il fonctionne. Après chaque discours, lecture de poème ou simple petit mot, nous marquons un temps de recueillement et j'annonce la personne suivante. Il y a une photo de maman sur le cercueil où elle est rayonnante et on a vraiment l'impression, en écoutant tous les discours, que c'est bien d'elle qu'on parle. Dans la bouche d'une ancienne élève, elle est un professeur qui aimait les jeunes plus encore que sa matière, qui savait apaiser, faire grandir et faire rire. Pour sa meilleure amie, une présence qui lui faisait du bien, celle qu'elle appelait quand ça n'allait pas, ce n'est même pas tant ce qu'elle disait mais sa voix tout simplement, rien que sa voix. Pour ce collègue qui l'a côtoyée durant vingt ans dans le même lycée, elle était celle qui savait, qui sait – tout le monde a du mal avec cet imparfait –, celle qui savait apaiser les tensions, désamorcer les conflits avec des mots simples et ce don de tout relativiser.

Ce ne sont jamais les mêmes paroles mais toujours la même chose qu'on entend, le même visage qu'on voit. Ce même sourire qui est sur le cercueil et qui le fait mentir, ce sourire qui est là devant nous, tellement plus réel que le cercueil. Sourire d'une femme solaire. Égale et douce. « Elle tenait ça de notre mère, précise une de mes tantes dans son discours, de notre mère qui a traversé l'histoire et la guerre et le pire du pire mais que nous avons toujours connue si gaie, le cœur sur la main et les yeux pétillants. »

Soudain je prends conscience que je n'ai pas osé regarder mon père, je devais craindre qu'il s'effondre, mais je le vois qui approuve, presque avec fierté, comme s'il n'en revenait pas de retrouver à ce point sa femme. Il m'avait prévenu, comme Mathieu d'ailleurs, qu'il ne parlerait pas, que c'était au-dessus de ses forces, mais je vois qu'il est satisfait de ce qu'il entend. Moi aussi, bien sûr, mais ma position, debout devant les autres, mon papier à la main, à les appeler les uns après les autres, à gérer avec l'employé des pompes funèbres le lancement des morceaux de musique, m'empêche d'être là tout entier. Et puis il y a cette douleur au genou, comme une aiguille qui insiste à chaque fois que je prends appui sur ma jambe droite, j'essaie de trouver une position qui me laisse du répit mais je n'y arrive pas.

Le premier intermède musical est une chanson de Nina Simone. C'est Mathieu qui l'a choisie, elle est triste et gaie, pleine de violence et de vie. On a vraiment de la chance avec ce soleil. Je pense que maman nous voit et que tout ça lui ressemble. J'aperçois Louise dans l'assemblée et je me dis qu'elle est jolie. Quand arrive mon tour, je trouve qu'ils me regardent bizarrement mais c'est peut-être simplement à cause de mon œil au beurre noir et de mes points de suture sur l'arcade sourcilière. Je sens l'assemblée traversée par une sorte de murmure, comme si j'avais dit quelque chose de mal mais je ne vois pas quoi, pourtant personne ne parle, je suis seul à lui parler dans le silence brûlant et à lui dire que je l'aime.

Les employés des pompes funèbres annoncent que la cérémonie est terminée et nous invitent à sortir, à les suivre jusqu'à la tombe. Ils se mettent à quatre pour soulever le cercueil et soudain je vois la terreur dans les yeux de mon père.

On se retrouve tous chez Mathieu, il y a des vins de Loire et des terrines, des plateaux de fromage et de grandes salades, et tout le monde boit un peu trop. On discute et on parle fort, son salon est plein à craquer, sillonné par ses deux fils, une bouteille à la main, prêts à nous resservir. L'aîné vient de passer en troisième et comme il a une solide réputation de paresseux, chaque membre de la famille le félicite. « Merci, merci, répond-il avec sa mèche devant les yeux, je n'ai pas fait exprès ! » On entend d'autres blagues, des cousins se retrouvent et promettent de se revoir, malgré l'éloignement géographique, avant le prochain enterrement, d'ailleurs qui est sur la liste ? Des invitations fusent, des promesses sont lancées, certains rires sonnent un peu faux mais pas plus que d'habitude. Mon oncle me dit que ça me va bien, cette tête de boxeur amoché. De jeunes enfants courent entre nos jambes, ils jouent à chat ou à cache-cache. La vie peu à peu reprend ses droits, au fond chacun ne demande que ça.

13

J'entre chez mon père et ne le trouve d'abord pas. Il est assis dans son fauteuil, dans la pénombre du salon. Il ne bouge pas. Je croyais qu'il dormait mais ses yeux sont ouverts. Je l'embrasse et lui dis que je suis venu m'occuper de lui, de ses factures, de son courrier, de son repas. Je lui annonce qu'on va se faire une bonne omelette, tous les deux, une omelette aux cèpes bien baveuse avec un petit sancerre rouge. Je lui demande si je peux allumer la lumière et je dépose dans la cuisine, sur le plan de travail, les œufs et les cèpes, l'ail et le persil, le pain de campagne et la bouteille de sancerre. Le son de la bouteille sur le plan de travail, la vision des cèpes et des œufs à côté, c'est tout ce que j'aime. J'enlève ma veste et je m'y mets. Je prends un cèpe et le nettoie avec mes doigts, avant de le couper en petits bouts. Je lui crie que ça va être bon mais je crois qu'il n'entend pas.

J'ai toujours adoré casser les œufs : à chaque

coquille qui se brise et découvre son trésor, je me dis que la nature est bien faite. Je les bats avec une fourchette dans le grand saladier en bois exotique et j'y ajoute de l'ail, du persil, du poivre. Je demande à mon père s'il a du gros sel. S'il a eu Mathieu au téléphone aujourd'hui. Mais il ne répond pas. J'allume le gaz sous la poêle et y jette une noix de beurre. J'ouvre la bouteille et me sers un verre, rien de plus agréable que de boire en cuisinant. Je fais revenir les cèpes puis je verse dans la poêle le contenu du saladier, je remue un peu et je baisse le feu. Je finis mon verre en me disant que c'est du bon boulot. Je m'apprête à appeler mon père pour lui annoncer que c'est prêt, qu'on va se régaler mais il est là tout près de moi et me fait sursauter, je ne l'avais pas entendu arriver. Je lui redemande s'il a du gros sel et, pour seule réponse, il me regarde sans parler.

À table, il ne touche pas à son assiette. Je lui sers un verre de vin et lui propose de boire. Il est assis en face de moi et je vois ses beaux cheveux blancs, assez longs et soyeux. Il lève les yeux vers moi comme s'il ne comprenait pas ce que je viens de lui dire. L'omelette est délicieuse, j'ai vraiment mis la dose de cèpes. J'en reprends en lui disant que c'est dommage, que je vais les finir tout seul. Qu'il devrait en profiter, ce n'est pas tous les jours que je fais la cuisine. Il me dit : « Toute ma vie je l'ai construite pour profiter de la fin de ma vie, tous mes choix je ne les ai faits que pour ça, et maintenant, et maintenant tout est ruiné. » Je le regarde et je ne sais pas pourquoi, je pense au socialisme. Mon père a été socialiste toute sa vie. Même quand les candidats du parti ne lui plaisaient pas, même quand les dirigeants trahissaient ses valeurs, même quand ce n'était pas son intérêt – et ça ne l'était jamais puisqu'il était chef d'entreprise –, il votait socialiste. Il disait qu'il était pour la redistribution et contre les cons de droite, que c'était tout : l'égoïsme ne pouvait faire une politique.

Je regarde cet homme beau et bon, son teint encore hâlé et ses yeux bleu lavé, j'ai cette idée que le désespoir n'a pas atteint sa beauté et que c'est une chose étrange, que cela aurait pu être autrement, j'insiste encore pour qu'il goûte à l'omelette mais rien n'y fait, de nouveau il a les yeux dans le vide. Je sauce avec le pain de campagne et je me dis que c'est fou, c'est fou comme c'est bon. Soudain, son œil revient à lui et il me fixe, les yeux plissés, comme s'il m'examinait, mais cela ne dure pas, il replonge vite dans l'égarement.

Finalement, il se lève pour regagner son fauteuil dans le salon et je m'occupe des factures dans l'entrée. Je signe des chèques et des autorisations de prélèvement, je colle des timbres, je remplis des feuilles de soins. Au moment de partir, je vais le voir pour l'embrasser mais il s'est endormi.

14

Nous roulons fenêtres ouvertes. Ange me raconte son dernier combat de boxe. Tout vient du jeu de jambes, même la puissance des coups, même le mental, tout. Si tes pieds bougent bien, s'ils bougent vraiment bien, le reste suit tout seul. Je le sens à mes côtés qui veut encore frapper, bondir, esquiver, frapper de nouveau, il est loin d'en avoir fini. Il y a du monde dans Paris, maintenir la vitesse malgré les camionnettes et les taxis est un autre combat. Les voies de bus sont comme des couloirs d'accélération, il faut savoir prendre sa chance, la compétition y est sévère. Je suis gêné par un cycliste qui réclame son droit à la flânerie, le nez en l'air, au milieu des combattants. Je le frôle pour le doubler et le retrouve dans mon rétroviseur, soudain figé. Je demande à Ange qui était son adversaire et il saute sur ma question comme il a dû sauter sur lui. « Un con de Black, je lui ai fait ravaler sa fierté, tu l'aurais vu à la fin, retour à la case départ, au sol, le nez en sang – fini le Black Power ! » Je lui annonce que je n'ai plus le temps de le déposer. « Pas grave, répond-il, je t'accompagne, je serai ton assistant, d'ailleurs c'est qui ton client ? » C'est la plus grosse marque d'alcool française à qui j'ai vendu un nouveau concept d'événement, je présenterai Ange comme un collaborateur.

L'autoroute du Nord est vide en ce début d'après-midi, nous avalons les kilomètres et je découvre, au détour d'une phrase, qu'Ange travaille pour la Banque alimentaire. Il transporte des caisses de nourriture pour les SDF. « C'est pour les muscles, se justifie-t-il, ça me fait une deuxième salle de sport, tu sais qu'il y a très peu de juifs chez les clodos ? » La barrière de péage s'ouvre automatiquement lorsque nous approchons, c'est un plaisir dont je ne me lasse pas, juste après j'enfonce la pédale d'accélérateur en me disant que les choses sont bien faites et que je vais être à l'heure.

Nous arrivons sur le parking de l'Enigma et Ange me demande soudain : « C'est pas là qu'a commencé l'embrouille avec ces enculés d'Arabes ? »

On compte à peine cinq ou six voitures sur le parking. Aux longues berlines garées près de la discothèque je devine ceux qui m'attendent, mon client et ses cadres venus de La Défense. Je me gare à côté et, tandis qu'Ange sort de la voiture, j'ai l'impression amusante d'être accompagné de mon garde du corps. J'ai toujours été sensible à ces décalages : j'adore les stations balnéaires hors saison, les lieux de nuit le matin, les plages du Var en plein hiver. Un avion passe très bas dans un grondement, nous découvrant son ventre. D'être seul et tranquille sur ce parking, de le savoir bondé la nuit, je me sens étrangement bien, privilégié.

Dans la discothèque, l'espace est à nous, silencieux et éclairé. Nous évoluons dans les différentes salles jusqu'à l'étage supérieur, dont le toit s'ouvrira sur le ciel pour le final de l'événement. Mon client me remercie d'avoir fait le déplacement, il apprécie vraiment que j'aille jusqu'au bout, que je ne me contente pas de vendre l'idée sans me soucier de sa réalisation. Les deux autres nous remercient à leur tour. Pendant le rendez-vous, ils se sont contentés d'acquiescer aux dires de leur supérieur, de poser quelques questions factuelles. Tous les trois quittent la discothèque avant nous, déclinant l'invitation du patron de l'établissement. Ils auraient bien aimé boire un verre mais n'ont vraiment pas le temps, ils doivent filer.

Dehors, j'ai l'impression que la luminosité du ciel est plus forte qu'en arrivant. Ils sont là : une petite bande autour de trois voitures trafiquées, toutes portes ouvertes, rap français à fond. Ange me demande si c'est eux. Ils fument de l'herbe que nous sentons d'ici, ils rient ; ils ne nous regardent pas. Nous devons passer devant eux pour regagner ma voiture. Je n'aperçois pas Rédoine mais reconnais la brune. Je croise une seconde ses yeux noirs, j'y retrouve ce feu et détourne les yeux. Nous approchons de ma voiture et il ne se passe rien, leurs voix sont plutôt gaies, presque chantantes. Comme s'ils les plaçaient dans la musique. J'actionne à distance l'ouverture des portes de ma voiture, les warnings clignotent. Je me demande si la fille n'est pas la seule à m'avoir vu passer.

« Au fait, désolé pour l'autre fois ! »

Je me retourne, Ange aussi. Rédoine est là : c'est lui qui vient de parler. Il porte un bas de survêtement blanc et un blouson de cuir. « Tu peux baisser la musique s'il te plaît, je ne voudrais pas gêner ces messieurs. » Je reconnais cette manière qu'il a de s'adresser à sa bande. L'un d'eux s'engouffre dans une des voitures et ressort après avoir baissé le son. « Voilà pour ces messieurs, commente-t-il, nous on respecte le travail. » Il parle vite lui aussi, aussi vite que Rédoine. Il se dégage d'eux quelque chose de presque sympathique, une sorte de vitalité malgré leurs pupilles dilatées. Rédoine me tend son joint.

« Tiens, tu veux ? Le calumet de la paix. »

Je sens Ange à mes côtés, son corps aux aguets. Pourtant j'ai l'impression qu'il n'y a chez eux aucune agressivité. Que Rédoine me tend vraiment le calumet de la paix. Que son sourire n'est pas forcé. Je constate que je ne lui en veux pas. En règle générale, j'ai du mal à en vouloir aux gens. Je regarde les autres, ils sourient eux aussi, l'air paisible et défoncé. J'évite quand même de regarder la fille. Je réponds qu'on doit y aller, mais que je suis sensible à l'attention, et je tourne les talons. Ange aussi, un petit peu après moi. Nous marchons vers ma voiture et l'un d'eux nous lance : « Jamais pendant le travail, c'est ça ? » Nous ne nous retournons pas et Ange me dit tout bas : « Tu veux pas que je le plie, ce fils de pute ? »

« Quoi ? T'as dit quoi là ? »

Tout de suite Ange et Rédoine se font face et leurs visages se déforment. Rédoine sort un énorme flingue qu'il pointe vers Ange en lui disant qu'il va lui expliquer qui est le fils de pute. Il n'y a plus rien de rieur sur le visage de Rédoine mais de grosses gouttes qui perlent sur son front et sa mâchoire qui tremble. « À genoux, à genoux, qui est le fils de pute, qui est le fils de pute ? » Nous nous écartons tous, Ange lui dit qu'il va lui répondre, il met un genou à terre et le silence tombe, s'épaissit, effrayant, j'ai peur et je sens que les autres aussi, j'ai peur que Rédoine lui tire une balle dans la tête parce qu'il transpire et qu'il a trop fumé mais Ange se déploie d'un coup et tout le monde hurle parce que lui aussi a un flingue qu'il brandit maintenant, leurs deux bras se tendent, ils se rapprochent encore, chacun tient l'autre en joue et tout le monde crie, la fille plus encore mais ils n'entendent rien, ils ne voient plus rien, ils ne voient même pas qu'elle a pris son élan.

Est-ce en moi ou dans le ciel que quelque chose s'assombrit lorsque je saisis l'arme ? Est-ce ma vue qui se brouille et m'empêche de comprendre le geste de Rédoine ? Est-ce cet avion qui vole anormalement bas et jette soudain une ombre sur le parking et sur le monde ? Je ne sais pas mais je tire, je tire pour les faire taire, je tire et je tire encore, je ne sais pas combien de fois mais à chaque fois ça l'empêche de retomber, il rebondit, les bras flottants, je tire pour éteindre le tumulte et je sais qu'il n'y aura plus jamais de silence.

DEUXIÈME PARTIE

1

La présidente de la cour me demande pourquoi j'ai tiré plusieurs fois sur un homme désarmé et j'ai l'impression d'avoir déjà vécu cette scène. Elle repose sa question et je ne sais pas quoi répondre. De toute façon, l'échange est difficile. Du fond de mon box, entouré de vitres pare-balles, j'ai du mal à me sentir impliqué dans les débats. Parfois, elle doit répéter sa question tant le son est mauvais, il y a un grésillement dans le minuscule haut-parleur situé au-dessus de ma tête. Quand je réponds, c'est encore pire. Si je parle loin du micro, personne n'entend et la présidente, agacée, me demande de bien parler dans le micro. Mais si je m'en rapproche, il sature et amplifie un bruit de souffle, de crachat presque, qui semble exaspérer la présidente. À cause de la lumière qui se reflète sur la vitre, je distingue mal les traits de son visage.

Heureusement qu'il y a cette bonne odeur de cire, de bois ciré. C'est vraiment la seule chose agréable. Elle est sans doute encore plus forte en dehors du box des accusés. Après des mois en maison d'arrêt, j'avais oublié que ce genre d'odeur existait. Je vois le haut du crâne de mon avocat, devant moi, en léger contrebas. Il doit avoir quarante-cinq ans et commence à perdre ses cheveux, c'est la première fois que je m'en rends compte, ça lui donne un air touchant. Je regarde les boiseries et les lustres, cette atmosphère d'un autre temps, comme un vieux salon de réception qui ne servirait plus, qui serait conservé pour le souvenir. La salle est pleine mais, très souvent, je me sens autant spectateur que les autres.

Je ne comprends pas qu'ils se focalisent à ce point sur le nombre de coups de feu. Un seul ou plusieurs, ça change quoi au fait ? J'ai tué et je vais payer, je suis d'accord pour payer, je paie déjà depuis des mois dans la cellule infecte de la maison d'arrêt et je vais payer des années, alors pourquoi tous ces effets de manche ? Le pire, ce sont les intonations, j'ai l'impression que tout le monde joue : la présidente qui se prend pour une psychologue, mon avocat qui me pose des questions dont il connaît déjà les réponses, l'avocat général au-dessus des autres avec cette espèce de châle rouge sur les épaules.

Je suis de bonne volonté. Je raconte les choses comme elles se sont passées, je veux bien les raconter autant de fois qu'il le faudra pour qu'ils puissent chiffrer ma peine. Mais qu'on m'épargne cette mise en scène. Je vois très bien de quoi va dépendre le verdict et je trouve ridicule ce genre de combat. Qui parlera le mieux ? Qui trouvera les meilleures formules ? Qui flattera le mieux la corde sensible des jurés ? J'ai l'impression que l'essentiel se joue sans moi, et peu à peu je m'absente... Il me semble alors que, sous l'odeur de bois ciré, pointe un léger parfum citronné. Je me demande ce que cela peut être. Le produit pour les vitres ? Cette fraîcheur citronnée me rappelle un monde qui me semble si loin, un monde qui a été le mien mais qui ne l'est plus, je respire cette odeur à plein nez et ce monde s'éloigne encore... La voix de la présidente se fait soudain plus grave :

— Mais... quand même ! Vous ne trouvez pas que cela fait beaucoup de hasards ?

Je suis d'accord avec elle. Le fait qu'Ange ait eu un pistolet sur lui, et qu'il soit venu avec moi, sans aucune raison, sur les lieux mêmes où j'ai rencontré Rédoine, cela fait beaucoup de hasards. C'est vrai, je l'admets. Mais c'est comme ça.

À ces mots, mon avocat se tourne vers moi, il n'a pas l'air content. Il semble même souffrir, alors j'essaie de préciser :

— C'est comme ça... C'est comme ça que les choses se sont passées.

Comme cette réponse ne semble satisfaire personne, j'ai envie d'ajouter que le hasard existe. Mais rien ne sort. Et puis je n'ai pas envie de me battre avec le micro. Mon avocat ne se retourne pas mais je devine son agitation aux mouvements de sa tête. La présidente me regarde et, pour la première fois, je lis dans ses yeux une vraie curiosité.

2

L'avocat général trône sur l'estrade en face de moi avec sa mèche de garçon de bonne famille. Il devait déjà l'avoir quand il faisait ses études. Il a trente ans de plus, trente kilos aussi, mais la mèche est restée. C'est le début de l'après-midi, peut-être qu'il sort d'un déjeuner copieux et qu'il somnole un peu. Ou alors c'est une stratégie, une façon de bien montrer le caractère accablant de ce qu'il entend. Mais à chaque fois que la présidente lui demande s'il a des questions, il répond simplement : « Pas de questions. » Je regarde sa robe rouge et noir, son écharpe blanche tachetée de noir et son air suffisant et je me dis que les choses sont claires. Mon avocat parle d'en bas, il est debout et lève la tête vers la cour. L'avocat général, lui, observe tout de là-haut, comme un vieux lion dont on attend de savoir s'il bougera une patte.

Aucune patte ne bouge mais il y a une question de la cour. Un des deux magistrats entourant la présidente s'adresse à moi. Il précise d'abord qu'il souhaite quitter la scène du crime et revenir, si je le veux bien, sur les jours qui ont précédé – sur la mort de ma mère, son enterrement, les quelques jours entre l'enterrement et le crime. Ça m'étonne un peu qu'il me demande « si je le veux bien » mais de toute façon, la réponse est oui, je le veux bien. La présidente approuve et il poursuit sur le même ton courtois :

— Monsieur Solaro, dans les jours qui ont précédé le crime, vous vous êtes retrouvé dans cette situation particulière d'être le maître de cérémonie à l'enterrement de votre propre mère. Était-ce votre choix ? Pouvez-vous nous en dire un peu plus là-dessus ?

Je lui réponds que ce n'était pas vraiment mon choix mais que j'ai accepté de le faire et que cela n'a pas posé de problème, au contraire. Il y a un petit moment de flottement, je me demande si je dois continuer. Finalement, le magistrat reprend :

— « Au contraire »... Pouvez-vous nous préciser ce que vous entendez par là ?

Je ne vois pas trop ce qu'il veut que je précise, alors je lui dis que cela n'a pas été très compliqué et que j'ai eu à cœur de bien le faire, que j'ai aimé choisir la musique, trouver l'ordre pour les discours des proches, des amis, de la famille, faire en sorte que, le jour venu, tout se passe au mieux.

La présidente reprend alors le fil des questions, sans un regard pour le magistrat à sa droite :

— Et tout s'est bien passé, vous diriez que tout s'est bien passé ?

Je réponds qu'en effet tout s'est bien déroulé, que j'ai été heureux de voir qu'il y avait du soleil et une belle assemblée, heureux de voir que les discours étaient fidèles à maman mais ça me gêne un peu de dire « maman » devant tout le monde alors je me reprends – heureux de voir que les discours étaient fidèles à ma mère –, heureux que la cérémonie soit simple, simple mais vraie, qu'elle plaise à mon père aussi.

Je le cherche des yeux dans la salle mais ne le trouve pas, peut-être qu'il est allé aux toilettes. Je finis par l'apercevoir, il a en effet changé de place et, comprenant que je m'en inquiète, il m'adresse un sourire et c'est comme un encouragement, un remerciement aussi, je lui souris à mon tour pour qu'il n'ait pas cet air triste, j'essaie de lui dire avec les yeux que ça va aller, j'essaie de lui dire avec les yeux « ne t'en fais pas », mais je vois bien que ça ne marche pas.

Un des jurés passe un petit mot à son voisin, je comprends que ces mots glissent de main en main jusqu'au président pour permettre aux jurés de poser leurs questions. C'est une femme aux cheveux courts avec des petites lunettes rouges. Elle, j'ai souvent croisé son regard. Ces jurés qui sont là et à qui je ne parle jamais, c'est très bizarre. Comme si toute cette comédie se jouait pour que nous nous rencontrions, mais sans jamais pouvoir nous parler vraiment. L'espace d'une seconde, il me semble que cette femme me comprend, qu'elle voit bien la scène que je décris et qu'elle est de mon côté. J'ajoute qu'évidemment un enterrement sous le crachin, avec trois pelés la tête rentrée dans leurs épaules, ce n'est pas la même chose et j'ai l'impression qu'elle acquiesce mais je peux me tromper, je commence à fatiguer et il y a ce reflet sur la vitre.

La présidente reprend :

— Vous dites que vous avez été heureux que tout se passe bien, que vous avez été heureux qu'il y ait du soleil et du monde, je reprends vos mots, que vous avez été satisfait de constater que les discours ne trahissaient pas la mémoire de votre mère, je ne me trompe pas ?

Mon avocat interpelle alors la présidente de la main mais comme la présidente ne réagit pas, il prend la parole et dit d'une voix un peu forcée : « Nous nous éloignons du sujet ! » La présidente rejette son objection d'une main autoritaire et mon avocat se rassoit, il n'avait d'ailleurs pas eu le temps de se lever vraiment.

La présidente enchaîne de la même voix posée :

— Ce jour-là, vous aviez l'arcade sourcilière tout juste recousue et aviez du mal à marcher, en raison de cette blessure au genou que vous avaient infligée Rédoine et sa bande quelques jours auparavant, c'est bien exact ?

Je fais oui de la tête mais cela ne semble pas lui suffire, peut-être qu'elle n'a pas vu. Elle me redemande :

— C'est bien exact, n'est-ce pas ?

Je réponds que oui, que j'avais en effet mal quand je posais le pied mais que ce jour-là, j'avais d'autres choses à penser. Elle reprend :

— Oui, je comprends. Nous comprenons, bien sûr. Mais vous aviez quand même été sérieusement passé à tabac. Nous vous imaginons à l'enterrement de votre mère, souffrant comme n'importe qui en pareille occasion, mais souffrant aussi physiquement, en raison des blessures infligées par Rédoine. N'avez-vous pas éprouvé ce jour-là une forte envie de vengeance, envie qui aurait été peut-être pas légitime, mais en tout cas compréhensible ?

Est-ce que j'ai eu envie de me venger ? Je ne crois pas, en tout cas je ne m'en souviens pas. Et certainement pas le jour de l'enterrement de maman, c'est ce que je lui dis, pas ce jour-là en tout cas, j'avais vraiment autre chose dans le cœur ce jour-là.

— Pourtant, quelques jours après, vous vous rendez sur le parking où vous savez que Rédoine a ses habitudes, et vous vous y rendez avec votre ami Ange, dont la violence est notoire, qui pratique la boxe, le tir, et était armé ce jour-là, c'est bien exact ?

Je répète que je ne savais pas qu'il était armé, que je me suis rendu sur ce parking pour des raisons professionnelles et qu'Ange est venu avec moi simplement parce qu'il était dans ma voiture et que j'étais en retard, et je me dis qu'il y a autre chose de déséquilibré.

J'ai l'impression que les magistrats sont ici chez eux, tous, la cour, l'avocat général, même mon avocat, il est d'ailleurs aujourd'hui accompagné de deux confrères de son cabinet sans que je sache pourquoi, ils semblent chez eux, dans leur palais et leurs habitudes tandis que moi j'ai dormi en maison d'arrêt, j'ai été trimbalé en fourgonnette et j'ai attendu, menotté, dans une petite salle, entouré de policiers et sans rien manger, j'ai même encore attendu debout qu'on me fasse entrer et qu'on m'enlève les menottes, debout à l'entrée de la salle d'audience, je ne sais pas ce qu'on attendait et finalement j'ai été jeté dans mon box comme un malade qu'on va ausculter ; évidemment c'est moi qui ai tué, pas eux, mais après tout, je ne suis pas encore condamné, alors pourquoi je n'assisterais pas à mon procès bien rasé, avec une chemise repassée, des vêtements qui ne puent pas l'humidité et la prison ? Il y aurait une petite cabine d'essayage où les accusés passeraient des vêtements pour leur procès, se regarderaient dans le miroir et choisiraient une belle veste pour aller prendre dix ans, on leur servirait un petit café serré avant de les faire entrer, ou même simplement un verre d'eau… Et puis je me ressaisis, je me dis que je dois avoir soif et que c'est quand même moi qui ai tué.

3

Mon avocat est censé être bon, il est cher, pourtant je crois que c'est lui le plus ridicule. Je le vois, de dos, réajuster le bout d'étoffe qu'il porte sur l'épaule, et qui semble le gêner. Il se lève pour prendre la parole et s'avance à la barre. Il ne le fait pas toujours. Parfois il se lève et parle de sa place. Quand il se met à marcher comme maintenant, on s'attend à quelque chose de décisif. Du coup, on est souvent déçu. Je ne comprends pas pourquoi il insiste autant sur le passé de caïd de Rédoine. Tout le monde a compris que ce n'était pas un enfant de chœur. Dealer, chef de gang, condamné pour violences et vols à main armée, accusé de crime et relaxé faute de preuves. J'ai l'impression que le temps qu'il passe à revenir sur Rédoine affaiblit sa plaidoirie.

Moi, c'est sa vie à lui que je vois défiler pendant qu'il s'éternise : sa fac de droit, ses concours d'éloquence, ses amis avocats, ses petits dîners... Je ne sais pas pourquoi mais je l'imagine en pyjama. D'où me vient cette image ? Dans son lit le soir, un pyjama boutonné jusqu'en haut. Quelle femme voudrait d'un homme pareil ?

À présent, il parle de moi, il dit que je suis quelqu'un de bien. Toujours prêt à rendre service, à dépanner ses amis. Quelqu'un sur qui les autres peuvent compter, quelqu'un de positif, enthousiaste même. À cet instant, un des jurés, un homme assez jeune et d'apparence banale, qui me fait penser à mon banquier, me regarde bizarrement. Comme s'il venait de remarquer quelque chose ou n'avait pas compris un des mots employés par mon avocat.

Il parle maintenant de la maladie de maman, de sa mort et de la manière dont j'ai « pris les choses en main ». Cette expression me gêne. Il parle de mon courage et ça me gêne encore plus. Souvent, quand les gens parlent de courage, ils sont particulièrement bêtes, c'est une réflexion que je me suis déjà faite. J'ai envie qu'il se taise. Je n'ai pas envie de trouver les regards des jurés pour les apitoyer. Il continue. Il répète que je suis un bon fils et un bon frère. Je ne vois pas en quoi ça m'empêche d'être un bon criminel.

J'ai faim, j'ai soif, j'ai envie de sortir de ce box, je rêve de retrouver ma cellule et mon matelas pourri, humide et déchiré, de retrouver Djalil mon compagnon de maison d'arrêt qui me racontera encore sa vie, l'Algérie, son bar à Saint-Denis et tout ce qu'il voudra. Lui, au moins, il sait parler avec les mains.

4

L'avocat général a enfin une question. Il s'est levé péniblement :

— La mort d'une mère est toujours un scandale, monsieur Solaro, mais la mort de Rédoine El Atrech en est un aussi. La mort, monsieur Solaro, mesdames et messieurs de la cour, mesdames et messieurs les jurés, la mort est toujours un scandale…

Il appuie exagérément sur les mots, la main levée de manière théâtrale.

— Monsieur Solaro, quel rapport voyez-vous entre le scandale de la mort de votre mère et celui de la mort de Rédoine ?

Je réponds que je ne comprends pas la question. Mais au fond, ce n'est pas la question que je ne comprends pas, je comprends bien qu'il me demande si j'ai voulu me venger de la mort de maman en tuant Rédoine, c'est l'usage du mot scandale que je ne comprends pas. Qu'est-ce qui est scandaleux dans l'histoire ? La mort de Rédoine est-elle scandaleuse ? Et celle de maman ?

— Que ne comprenez-vous pas ?

Comme je ne réponds rien, il repose sa question, avec de l'agressivité dans la voix :

— Que ne comprenez-vous pas, monsieur Solaro ?

Je reste silencieux mais je sens qu'on attend quelque chose de moi. Mon avocat s'est retourné nerveusement et tous les regards sont dirigés vers moi. Alors je dis que c'est le mot scandale que je ne comprends pas. Je dis que Rédoine était un caïd qui vivait dans la violence et que je ne suis pas sûr que sa mort soit un scandale, qu'elle me semble plus logique qu'autre chose. Aux yeux qui me fixent et au petit murmure qui monte, je vois bien que je ne suis pas compris. C'est moi qui l'ai tué et je ne suis pas bien placé pour dire ça mais, au fond, la mort de Rédoine s'inscrit plutôt dans l'ordre des choses, voilà ce que je pense.

J'ajoute que la mort de maman non plus ne me semble pas scandaleuse, peut-être qu'il y a des morts scandaleuses mais celle-là n'en est pas une. Maman a bien vécu et sa mort n'enlève rien à ce qu'elle a vécu, bien au contraire. Évidemment, elle aurait pu vivre dix ans de plus mais nous pouvons dire cela de tous les morts ou presque, qu'ils auraient pu vivre dix ans de plus. Je ne dois pas être très clair parce que la rumeur enfle, pourtant je n'ai rien dit d'autre que des évidences.

« Pas d'autre question, madame la présidente », lâche l'avocat général, avant de se rasseoir lourdement en rajustant sa mèche.

5

Au fond, le suicide d'Ange ne me surprend pas, les bêtes sauvages ne supportent pas d'être enfermées. Il y avait trop de bouillonnement en lui, il lui fallait de l'action, des rings, des bars, des femmes, du mouvement, parler, cogner, danser ; il ne pouvait pas s'arrêter sans tomber. La dernière fois que je l'ai vu, dans la cour de la maison d'arrêt, il m'avait semblé mal, je m'étais même demandé s'il m'en voulait, s'il se disait qu'on était là par ma faute, j'avais essayé de le convaincre que ça passerait vite, qu'il serait libéré dès le procès achevé mais il m'avait interrompu : « Des mois dans ce trou ? Tu rigoles, je serai parti avant. » Je n'avais pas trop compris, j'avais imaginé qu'il serait libéré avant le procès, qu'il aurait obtenu du juge d'instruction de comparaître libre et qu'on se retrouverait au procès, l'idée m'avait plu.

La présidente répète que nous nous sommes vus, Ange et moi, au bar du Cap Horn, quelques jours avant le crime, parce que j'avais, d'après les dires d'Ange, « un service à lui demander ». Elle ajoute que des témoins ont attesté que nous avions échangé de l'argent en liquide, une assez grosse somme, semble-t-il, sans d'ailleurs en faire mystère, tranquillement attablés avec nos verres de bière. Il est donc plausible, comme nous l'avons en effet déclaré tous les deux, que je lui ai demandé simplement un prêt, ou un don, bref de l'argent. Mais on peut aussi voir les choses autrement : que le service en question ait été de donner une petite leçon à Rédoine et l'argent une rétribution pour cette petite leçon qui aurait mal tourné.

La présidente me demande ce que j'en pense. Je lui réponds qu'on pourrait tout à fait aller dans ce sens mais que les choses ne se sont pas passées ainsi, que j'ai demandé à Ange, et ce n'était pas la première fois, de me prêter de l'argent, et qu'Ange était un ami, c'était là une autre façon de lui répondre : même si j'avais demandé à Ange d'aller régler son compte à Rédoine, je n'aurais pas eu à le payer pour ça. Parce que, justement, c'était un ami.

6

Le professeur vient de s'avancer à la barre et je le revois nous annoncer la mort de maman, je me souviens qu'il avait employé le mot « décédée » et que je m'étais dit que ce n'était pas un bon mot. C'était un mot trop violent, il y en avait bien d'autres qu'il aurait pu employer. La présidente de la cour le remercie de s'être rendu disponible en insistant sur ses titres prestigieux et, après quelques rappels de dates, lui demande quel souvenir il a gardé de moi.

Le professeur répond qu'il voit une quantité considérable de patients, de familles, depuis un grand nombre d'années et je me demande s'il se souvient simplement de moi. Il ajoute qu'il lui semble que j'étais son interlocuteur, que j'étais peut-être le mieux à même de l'être car les autres membres de la famille étaient trop affectés. Je cherche le regard de mon père sans le trouver, il a les yeux baissés, peut-être même fermés. La présidente demande logiquement au professeur si, d'après lui, j'étais moins affecté que les autres, moins affecté que mon père ou mon frère, par exemple.

Le professeur répond qu'il n'a rien dit de tel, qu'il ne peut pas se prononcer là-dessus et répète qu'il voit des patients et leurs familles tous les jours depuis près de vingt-cinq ans. La présidente insiste. Elle dit comprendre ce que le professeur a déclaré mais dans la mesure où il a suivi ma mère pendant des mois, ne peut-il nous dire quelque chose à mon sujet ? « Une image, si vous deviez ne garder qu'une image de monsieur Solaro, quelle serait-elle ? » Je trouve cette histoire d'image un peu étrange même si ce n'est qu'une façon de lui rafraîchir la mémoire. C'est gênant pour le professeur, il doit se demander ce qu'il fait là, sommé de se souvenir et de répondre. Mais le procédé semble fonctionner, le professeur reprend la parole :

— Oui, j'ai bien une image… Si je ne devais garder qu'une image de monsieur Solaro, ce serait sa démarche dans le couloir. Je me souviens de sa démarche, je me souviens de son pas, un pas rapide, assez rare dans un couloir d'hôpital, il avait une façon de marcher très dynamique, aérienne…

— Aérienne ? reprend la présidente.

— Oui, aérienne, enjouée, il marchait toujours comme s'il arrivait avec de bonnes nouvelles…

— Pardonnez-moi d'insister, mais nous voulons être sûrs de bien comprendre... Vous dites qu'il avait une démarche enjouée dans les couloirs de l'hôpital, c'est bien cela ?

Alors mon avocat se lève et demande au greffier, sur un ton solennel, de bien vouloir prendre note de sa protestation : « Mais enfin que juge-t-on ici ? Monsieur Solaro est-il jugé pour le meurtre d'un dealer ou pour une façon de marcher dans un couloir d'hôpital ? » La présidente réplique que ces questions visent simplement à mieux comprendre la personnalité de l'accusé et s'étonne d'avoir à rappeler que c'est un homme qui est jugé, pas un acte dans l'absolu, mais un homme qui a commis un acte, et qu'il peut être utile, par conséquent, de mieux comprendre cet homme. « Ce n'est pas en commentant le pas d'un homme dans un couloir d'hôpital que vous le comprendrez mieux », lance alors mon avocat et je ne suis pas sûr qu'il ait raison.

À côté de la jeune femme aux lunettes rouges est assise une autre jurée, plus âgée, dont le visage m'intrigue. Elle me fixe et pourtant je ne vois pas ses yeux. On dirait qu'elle mâchonne quelque chose en permanence. En regardant ses joues je songe à un criquet. Oui, c'est ça, cette absence de regard, ces muscles sous les joues comme des pattes cherchant à se déplier – un criquet.

La présidente s'excuse auprès du professeur et l'invite à poursuivre.

— Vous savez, lors d'une hospitalisation longue comme celle de la mère de monsieur Solaro, les instants ne sont pas tous aussi difficiles, heureusement d'ailleurs. Finalement c'est un quotidien qui s'instaure, avec ses bas mais aussi ses hauts…

— Nous entendons bien… Mais il serait possible d'interpréter cette démarche que vous avez décrite, aérienne, enjouée, comme révélant une forme d'insensibilité… Qu'en pensez-vous ?

D'où je suis, je ne peux pas voir le visage du professeur, c'est probablement volontaire. Il me semble plus grand et voûté que jamais, avec ses épaules en accent circonflexe.

— Ce n'est pas du tout ce que je voulais dire, tranche le professeur avec autorité. Ma longue expérience de médecin me permet d'affirmer qu'il est impossible d'établir une corrélation entre un état intérieur et sa manifestation extérieure. J'ai simplement relevé qu'il avait une façon de marcher particulière, un peu comme s'il dansait en marchant, mais jamais je n'en tirerais la moindre conclusion sur la nature de sa peine ou de sa douleur.

La présidente remercie le professeur, qui passe devant mon box sans se tourner vers moi. Le criquet, lui, me fixe toujours, le regard mort et les mâchoires serrées.

7

— C'est précisément là-dessus que j'aimerais que nous nous attardions un peu, sur votre ami Ange, coupe l'avocat général. Je pense que vous n'ignoriez pas son passé, monsieur Solaro ?

Je réponds que je suis au courant de sa participation à différents groupes extrémistes, puisque c'est probablement à cela qu'il fait allusion.

— Participation, oui, le mot est un peu faible, je dirais plutôt animation, création, leadership mais passons, là n'est pas la question. Savez-vous, monsieur Solaro, quel était le surnom d'Ange Carlotti, quel était le surnom de votre ami Ange lorsqu'il était le leader d'un groupuscule proche du mouvement skinhead ?

Comme je reste silencieux, il enchaîne, péremptoire, « Pit-J », et reprend après une courte pause :

— Mesdames et messieurs de la cour, mesdames et messieurs les jurés, savez-vous ce que signifie Pit-J ? Eh bien, je vais vous le dire, ne faisons pas durer le suspense trop longtemps. Pit-J : Pit pour Pitbull et J pour Juif. Je crois que c'est assez clair, mais précisons quand même pour qu'il n'y ait pas de malentendu : le passe-temps d'Ange et de ses jeunes amis était bien d'aller taper des Juifs. Oui, castagner du Juif, casser du Juif comme d'autres cassent de l'Arabe !

Mon avocat se lève en criant que c'est de l'insinuation, de l'insinuation odieuse et manipulatoire. La présidente lui demande de se rasseoir mais elle enjoint aussi à l'avocat général de poser des questions claires, précises, et sans insinuation.

— Je vous remercie, madame la présidente. J'ai en effet une question on ne peut plus précise à poser à monsieur Solaro : Étiez-vous au courant de ce que je viens de révéler ? Connaissiez-vous l'existence de Pit-J ?

Je réponds que non, je ne savais pas, je l'ignorais, mais ce n'est pas surprenant, j'ai rencontré Ange des années plus tard. J'ajoute que j'ai toujours su qu'il avait ses zones d'ombre mais que je n'ai jamais ressenti le besoin d'aller y voir de plus près.

— Ange, votre ami Ange a croisé le chemin, disons-le ainsi, de différentes mouvances extrémistes, à la droite de la droite aussi bien qu'à la gauche de la gauche, avec pour seul point commun l'antisémitisme. Voilà qui m'amène à une autre question simple : monsieur Solaro, étiez-vous gêné par l'antisémitisme notoire de votre ami Ange ?

Je réponds qu'Ange parlait beaucoup et tout le temps, et qu'il disait souvent n'importe quoi, que ses propos visaient les Juifs autant que les Noirs ou les Chinois…

— Nous voilà rassurés ! lance l'avocat général d'une voix triomphale.

J'ajoute qu'Ange n'était selon moi pas vraiment antisémite, il disait parfois des choses antisémites mais cela ne signifiait pas qu'il était antisémite. On peut tenir des propos stupides sans être stupide, eh bien, c'est pareil.

— Chacun pourra noter que vous n'avez pas répondu à ma question. Je vous la repose donc : Étiez-vous gêné par l'antisémitisme de votre ami Ange ?

Je réponds alors que oui, il m'est arrivé d'être gêné par ses propos mais que je passais outre, je lui parlais d'autre chose et c'était fini, voilà tout. J'étais heureux de passer des bons moments avec lui, je ne voyais pas l'intérêt d'aborder ces questions-là…

— Mesdames et messieurs de la cour, mesdames et messieurs les jurés, monsieur Solaro « passe outre » l'antisémitisme, que dis-je, les simples propos antisémites de son ami Ange. Nous avons là un homme dont la mère, juive, est mourante, épuisée par un cancer en phase terminale, et que fait cet homme ? Il est « heureux de passer des bons moments » dans des bars branchés avec un ami antisémite, pardon, un ami qui prononce simplement des phrases antisémites, l'ami a en effet le bon goût de s'en tenir là ; dans sa jeunesse héroïque il faisait preuve de moins de délicatesse mais désormais il s'en tient aux mots. Ces mots, par bonheur, monsieur Solaro n'est pas du genre à en prendre ombrage, avec hauteur il « passe outre », il « parle d'autre chose » et « c'est fini », je vous laisse apprécier quel genre d'homme, quel genre de fils nous avons là. C'est cet homme, c'est ce fils que vous aurez à juger.

Après, il y a un grand silence et je me dis que les choses se présentent mal. J'ai tué quelqu'un et, pour la première fois, je vois que les gens me regardent comme un criminel.

8

Le seul qui m'inquiète vraiment, depuis le début de mon procès, c'est mon père. Je le cherche sans arrêt des yeux, je scrute le moindre détail qui pourrait me rassurer : un port de tête serein, une main fluide dans ses cheveux soyeux, et je me sens plus fort. Mais il suffit que ses épaules s'affaissent, qu'il se frotte les paupières et je n'arrive plus à suivre ce qui se dit, alors plus rien n'existe que ce regard que je ne trouve pas. Je sais qu'elle tient à rien cette vie dans ses yeux, je sais que j'ai le pouvoir de la maintenir ou de la ranimer : il me suffit, du fond de mon box, de fixer son crâne baissé, de lui intimer l'ordre de se redresser et quand ça marche ça va mieux, ça va mieux pour tous les deux.

Maintenant qu'il est à la barre, je me sens presque bien. Le pire est passé. Je redoutais par-dessus tout le moment où il marcherait vers la cour, appelé comme témoin. J'avais peur qu'il s'effondre, refusant l'obstacle, je l'imaginais gisant à terre. Mais le voilà debout, j'ai même l'impression qu'il a rajeuni. La présidente commence par dire qu'elle sait combien la situation est difficile pour lui, elle rappelle qu'il a perdu sa femme il n'y a pas si longtemps, que la maladie fut longue et éprouvante pour tout le monde, et qu'il doit désormais traverser cette nouvelle épreuve. Elle a des mots simples, justes, elle lui parle avec respect et ça me plaît. Mais ce qui me plaît surtout, c'est de sentir en mon père une force retrouvée. Il n'a pas encore dit un mot mais je la perçois déjà. C'est une manière d'être bien campé sur ses jambes, d'acquiescer aux phrases de circonstance de la présidente.

Cette force, je la sentais parfois en maison d'arrêt quand il venait me rendre visite, ça me faisait tellement de bien de la retrouver en lui. Il s'était battu contre la maladie de maman, il s'était battu pour l'accompagner jusqu'au bout, désormais il allait se battre pour reconstruire, réinventer la vie sans elle. Dans ces moments-là, j'avais même l'impression que ce que j'avais fait, ce drame supplémentaire, ne lui laissait pas le choix : il ne pouvait que lutter à nouveau. C'était ça ou mourir. Il s'était trouvé un nouveau combat, il arrivait les bras chargés de coupures de presse, de photocopies à soumettre à mon avocat, il avait souligné les passages censés montrer qu'on pouvait s'en tirer pas trop mal si le crime était accidentel et qu'on n'avait pas de casier – enfin presque pas, puisque j'avais déjà été condamné pour un abus de bien social mineur. Mais parfois il échouait à articuler et me fixait comme s'il cherchait la clef de l'énigme sur mon front. Son abattement me meurtrissait et je m'en voulais de lui infliger ça, j'avais du mal à suivre ses délires, je me gardais bien de lui raconter la vie à trois dans la cellule, à cinq même certains jours quand ils ne savaient pas où caser les nouveaux. Il disait qu'il comprenait enfin : ce crime, c'était ma façon de souffrir. Il disait : « Mon petit comment as-tu pu ? Comment as-tu pu penser que cela la ferait revenir ? »

Mais aujourd'hui le délire est loin, je l'ai vu quand mon père est passé devant moi. Ce que la présidente lui demande est assez confus, elle répète qu'elle compte sur lui, qu'il peut les aider à mieux comprendre, de nouveau elle s'excuse, elle ajoute qu'elle est persuadée qu'en aidant la justice, il m'aidera moi aussi.

Aujourd'hui mon père est un soldat qui repart au combat, j'ai l'impression de sentir dans mon corps ce flux qui le traverse, je suis juste heureux de le voir parler, répondre et se reprendre, heureux qu'il se tienne droit, je ne fais même plus trop attention à ce qu'il dit. Évidemment, j'entends bien ce qu'il dit : que la vie de Rédoine a été interrompue et que c'est irrémédiable, qu'il pense à la mère de Rédoine et, où qu'elle soit, il espère qu'elle l'entendra ou qu'elle le sentira, oui, le père de celui qui a tué son fils pense à elle, il dit qu'il pense aussi à Salma, la petite amie de Rédoine qui est dans la salle, il dit qu'il sait que moi aussi je pense à elles, à elles et à Rédoine, il dit même que j'y pense plus que je ne le crois et je ne suis pas certain que ce soit vrai. Bien sûr que j'y pense aussi. Mais peu importe. Aujourd'hui, mon père se bat comme un beau diable et c'est tout ce qui compte. Il dit que je n'ai pas pu préméditer un tel crime, que c'est hors du champ du possible, qu'il suffit de me connaître pour le savoir, que cette conviction est plus précieuse que sa vie même. Ils ne me connaissent pas, s'ils me connaissaient ils sauraient : je suis incapable d'anticiper, c'est une maladie, une maladie dont toute la famille a toujours ri, je suis incapable de voir plus loin que le présent, incapable de me projeter le lendemain matin, incapable de gérer ma petite société pour cette même raison, incapable de préméditer quoi que ce soit, et j'aurais prémédité… un crime ! Ce qu'il dit n'est pas faux, c'est même la vérité, mais je vois bien que ça ne porte pas : un coup d'épée dans l'eau, voilà, c'est exactement ça, un coup d'épée dans l'eau… « Si vous saviez, ajoute-t-il, mon fils, il ne ferait pas de mal à une mouche. »

Tout le monde l'écoute, je crois qu'il y a du

respect pour cet homme qui défend son fils. Mais il ne convainc pas. Et moi je suis face à lui comme je l'ai été si souvent : j'observe les efforts qu'il déploie, je suis admiratif mais la question monte en même temps, que je ne peux réprimer – à quoi bon ?

— Mon fils devait avoir huit ans, son frère cinq de moins… mais de toute façon la scène s'est reproduite souvent. Son petit frère s'amusait à arracher les ailes des mouches, comme le font souvent les enfants, et lui, eh bien, lui, il s'y opposait, il faisait tout pour le raisonner, il fallait l'entendre, il lui disait de sa petite voix : « Tu n'as pas le droit », il lui disait : « Tu n'es pas au-dessus de la mouche », « Imagine un géant qui viendrait t'arracher les bras », il lui disait que la mouche aussi avait le droit de vivre…

Je m'en souviens très bien, mais cela convainc encore moins. Rédoine aussi avait le droit de vivre. C'est à ça que je pense aussitôt et je ne dois pas être le seul.

Maintenant mon père se tait. La présidente attend un peu avant de s'adresser à lui d'une voix posée :

— Merci, monsieur, pour tout ce que vous nous avez dit. Mais si votre fils est celui que vous venez de décrire – et nous ne remettons en aucun cas en doute vos déclarations –, comment expliquez-vous son acte ?

J'aimerais voir le visage de mon père parce qu'il ne dit rien. Il parle enfin mais sa voix a changé :

— C'est un drame, c'est un accident... Je ne me l'explique pas.

— Vous est-il arrivé souvent de ne pas comprendre votre fils ?

— Oui, parfois. Mais je crois que c'est le lot de tous les pères. Un jour, ils se demandent qui sont leurs fils...

Il semble réfléchir un instant :

— Peut-être, d'ailleurs, que c'est ce qui les fait grandir. Peut-être qu'ainsi ils apprennent à aimer, à aimer vraiment. Je crois bien que c'est ça, l'amour vrai : aimer un être sans le comprendre tout à fait.

Plus rien n'existe, ni l'annonce que l'audience est suspendue ni le brouhaha des gens qui se lèvent : nous ne sommes plus que tous les deux.

9

Souvent, j'entends ce qu'il faudrait leur répondre mais je ne leur réponds pas. Quelque chose me retient de leur dire ce qui pourrait leur plaire. Mon avocat me l'a confirmé : les journalistes aiment bien cette affaire. Il y a de plus en plus de monde dans le public, et surtout de plus en plus de monde qui prend des notes. Mon avocat tournait autour du pot mais j'ai insisté, il a fini par cracher le morceau.

Comment ai-je pu me retrouver dans la peau du sale petit Blanc qui se fait justice tout seul ? Comment un chef de gang, condamné plusieurs fois pour deal et actes de violence, est-il devenu une victime de banlieue, né d'un père inconnu et d'une mère prostituée ? Je ne sais pas et mon avocat non plus, visiblement. Il y a même eu ce titre d'un journal très à gauche : « Le crime raciste d'un jeune patron ». L'article s'achevait sur la mention de ma condamnation pour abus de bien social, il y a trois ans, sans autre commentaire, sans que l'auteur précise qu'il s'agissait simplement d'une semaine à l'hôtel en Italie et d'un cabriolet en location, payés avec l'argent de ma société. Nulle part il n'était mentionné que le « jeune patron » était aussi le seul salarié de son entreprise. À la place, il y avait une envolée sur « une certaine France qui ne respecte plus rien, ni ceux qu'elle a fait venir parce qu'elle en avait besoin, ni les lois qui pourraient rendre possible un monde commun ».

Les questions de l'avocat général se font maintenant plus directes, plus frontales. Il les enchaîne, j'ai à peine le temps de répondre qu'il a déjà posé la suivante. « Quand vous étiez en Inde, avez-vous pris des drogues et pendant combien de temps ? Si vous avez pris des drogues en Inde, avez-vous continué à en prendre à Paris ? Pendant les mois durant lesquels vous avez attendu votre procès en maison d'arrêt, qu'avez-vous ressenti ? Les rapports de la maison d'arrêt font état d'un détenu calme, ne posant pas de problème spécifique, acceptant parfaitement les règles de l'établissement, vous reconnaissez-vous dans cette description ? »

Au début du procès, le psychologue qui était venu m'interroger en maison d'arrêt avait déjà dressé mon portrait. Il en était ressorti que j'étais « équilibré » et – c'était le seul élément précis – « doué d'une forte capacité d'adaptation ». Il avait ajouté que j'avais répondu à toutes ses questions sans opposer la moindre résistance, que je n'avais jamais manifesté de signe d'agacement ni d'agressivité. La présidente, elle aussi, m'avait alors demandé si je me reconnaissais dans cette description et j'avais trouvé que la question n'avait pas grand sens. La description était trop vague, je m'étais même interrogé sur les compétences exactes de ce psychologue, il m'avait semblé que n'importe qui aurait pu affirmer ce qu'il avait avancé, et qu'il aurait pu le dire de n'importe qui ou presque. De toute façon, il m'avait rencontré un quart d'heure tout au plus.

— Que mesdames et messieurs de la cour, que mesdames et messieurs les jurés me pardonnent cette série de questions, reprend l'avocat général d'une voix forte, mais vous comprendrez, je crois, qu'elles n'en font qu'une, qu'elles me conduisent tout droit à une question simple, extrêmement simple, que je voudrais maintenant poser à l'accusé.

La salle est traversée par un bruissement, je devine les jurés soudain plus attentifs, leurs yeux braqués sur moi.

— Monsieur Solaro, comment vous sentez-vous ?

Je cherche Louise, elle est à deux places de mon père, avec cette queue-de-cheval si féminine. Je la trouve jolie, si pâle, avec son air fatigué. Je lui souris mais ce n'est pas vraiment à elle que je souris : je revois ses seins lourds pendant l'amour et je revois aussi le soleil jaillir entre les feuilles, je sens à nouveau la tiédeur de l'air sur nos corps en sueur, j'entends la voix d'un crooner qui chante pendant que je conduis, c'est l'été, les vitres sont baissées et c'est une route de campagne, une route frappée de soleil avec les ombres des branches comme des continents sur le rose du goudron ; je lui souris encore mais ce n'est pas vraiment à elle que je souris, c'est à ma mère, à mon père aussi et à tous les corps de femmes, je souris au vent dans les feuilles lorsqu'il les fait frémir, à cette rumeur qui enfle lorsque le vent forcit. Je songe alors à tout ce qui a existé et je sais que tout ce qui a existé existe pour toujours ; je songe que rien, jamais, ne pourra effacer ce qui a été.

— Monsieur Solaro, comment vous sentez-vous ?

La question de l'avocat général revient mais j'en entends une autre : « Promettez-vous de dire la vérité, toute la vérité, rien que la vérité ? Levez la main droite et dites je le jure. » Cette question-là, on ne me l'a pas posée, elle est réservée aux témoins, mais je crois que je l'ai toujours prise au sérieux. À voir les réactions déclenchées par ma réponse, il me semble soudain que je suis le seul.

10

Est-ce que j'ai des remords ? Évidemment, j'aurais préféré ne pas tirer, j'aurais préféré que les choses se passent autrement mais je ne vois pas l'intérêt de revenir là-dessus. Ça change quoi d'avoir des remords ?

Je suis encadré par deux policiers dans la petite salle aveugle où nous attendons la reprise de l'audience. Mon avocat est là aussi, il fait les cent pas et je me dis que ce n'est pas très professionnel : il pourrait masquer sa nervosité. D'un petit signe, il indique à un des policiers de lui laisser sa place. Assis à côté de moi, il paraît plus calme. Il me parle en regardant droit devant lui. Ce n'est plus mon avocat, c'est juste un homme qui veut savoir. Il me demande pourquoi j'ai répondu à l'avocat général que je me sentais bien. Je lui dis que je ne sais plus trop, que ça devait être vrai. C'est étrange de se parler comme ça, tous les deux, en présence des policiers. Cette phrase, les jurés ne peuvent pas la comprendre, il me demande si j'en ai conscience. Il pense qu'ils l'ont interprétée comme une absence totale de remords. Pour moi, ce n'est pas la même chose, ce n'est pas ce que je voulais dire. Il soupire : « Ils ont dû penser que vous n'avez pas le droit, que vous n'avez pas le droit de vous sentir bien, et encore moins de le dire. » J'ai l'impression que lui aussi le pense, j'ai envie de lui poser la question mais la porte s'ouvre : l'audience reprend.

La présidente donne d'emblée la parole à l'avocat général qui m'a l'air moins agressif. J'ai aussi l'impression qu'il joue moins, qu'il est davantage habité par ses interrogations. Ou alors il joue mieux. Il dit qu'il m'a bien écouté, il croit même qu'il a fait plus que m'écouter : il m'a entendu. Il développe quelque chose d'assez compliqué à propos de la maladie de ma mère, de mes problèmes financiers et de ce qui est arrivé sur le parking de l'Enigma, on dirait qu'il s'y perd un peu lui-même. Il ajoute que c'est mon regard qui l'intéresse, qu'à travers tout ça, c'est moi qui l'intéresse et je trouve que cette phrase sonne faux, où veut-il en venir ? À vrai dire, je fatigue un peu, mes paupières me brûlent, et soudain je l'entends me demander :

— Vous ne voulez donc rien changer, jamais ?

Encore une fois, je ne suis pas certain de

bien comprendre. Bien sûr, j'aurais préféré que certaines choses ne se passent pas, mais on ne change pas le passé, c'est ce que je lui réponds.

— Ma question était plus globale, reprend-il, je ne parlais pas uniquement du passé.

Il se rassoit. Vous ne voulez donc rien changer ? Je comprends mieux maintenant, c'est même un reproche qu'on m'a souvent fait. Je cherche mon père des yeux mais ne le trouve pas. Lui aussi me l'a fait, ce reproche. Me revient également le souvenir d'un professeur, il y a si longtemps, je devais être au collège, j'avais complètement oublié son visage rond et son regard intense, un professeur d'histoire… Lui aussi m'avait reproché de prendre les choses comme elles venaient, de les aimer comme elles étaient, de ne pas vouloir les changer. J'avais oublié sa voix pointue mais la voici qui revient, je l'entends parfaitement : « Si vous êtes content avec si peu, vous ne progresserez jamais. » Je me souviens que je l'aimais bien, je trouvais qu'il nous parlait comme à des adultes. Mais je n'étais pas d'accord avec lui, je m'en souviens aussi.

La présidente me demande si je souhaite apporter une réponse plus précise à la question de l'avocat général. Mais un autre visage efface celui de mon professeur d'histoire. Je ne sais pas pourquoi, ce visage, c'est celui de Staline. Staline sur un portrait officiel avec sa moustache et son regard conquérant. Lui, au moins, il voulait changer les choses ; il voulait même les changer en grand. Mais je garde cette réflexion pour moi, je ne suis pas sûr que ce soit très à propos.

11

Lorsque Mathieu peine à répondre, on dirait que c'est lui l'accusé. Il semble assommé par le flot des questions, je ne trouve pas son propos très cohérent même si j'entends à chaque fois son désir de me défendre. Il me décrit comme un grand frère aimant, protecteur, moins mélancolique que lui. Un des magistrats qui assistent la présidente lui demande de préciser. Je vois que Mathieu fatigue et qu'il n'ose pas le dire. J'entends que sa gorge est sèche, je voudrais qu'on lui propose un verre d'eau, je suis sûr qu'il a soif et ne sait pas s'il peut demander à boire. Il dit qu'en effet, il a toujours été mélancolique et pas moi. Que nous sommes deux frères très différents mais que nous nous entendons bien. Le magistrat lui demande alors si cette différence ne l'a jamais gêné, j'ai l'impression qu'il pose cette question pour dire quelque chose, et parce que c'est assez rare qu'il ait la parole. Non, répond Mathieu, ma façon d'aborder la vie l'a souvent surpris, mais cela ne lui a jamais posé de problème. Il précise que c'est d'ailleurs plutôt une force. « Mais alors, renchérit le magistrat, vous présenteriez cette mélancolie comme une faiblesse ? »

Qu'est-ce que ce magistrat a en tête ? Sa question me trouble. Le vague à l'âme de Mathieu m'a toujours étonné mais je ne me suis jamais demandé comment il vivait le fait que je ne sois pas comme lui.

Mathieu parle maintenant de notre enfance, et je trouve son propos de plus en plus décousu. Il évoque des crises répétées entre nos parents quand j'étais petit, avant même sa naissance, ces séparations successives qu'ils ont souvent évoquées mais dont je ne me souviens pas. Je me souviens en revanche que ça me fascinait quand ils nous en parlaient, ce contraste entre le récit du tumulte passé et l'harmonie sereine qui se dégageait d'eux. J'aimais leurs yeux qui brillaient lorsqu'ils nous racontaient ça. Mathieu dit que ça laisse des traces, de telles crises, un amour aussi excessif et qu'en même temps, ça met la barre très haut. Il s'embrouille un peu dans les faits, affirme que nos parents se sont séparés deux fois, ou trois, peu importe : à chaque fois, ils se remettaient ensemble. Je comprends enfin où il veut en venir. Je serais né au mauvais moment, j'aurais vécu mes premières années au milieu des crises et des larmes, bringuebalé de séparation en réconciliation dans un climat de violence passionnelle. À l'écouter, lui, né cinq ans plus tard, aurait eu plus de chance, nos parents ayant enfin cessé de se déchirer et de se tromper.

La présidente intervient alors pour demander si, selon lui, il est possible que j'aie développé, pendant cette période agitée, une relation particulière aux êtres ou aux choses. Je ne suis pas sûr que Mathieu ait voulu aller jusque-là, il cherchait seulement à montrer que tout n'avait pas été facile pour moi, rien de plus. Mathieu ne répond pas, la présidente insiste. Il dit que c'est aussi la période où notre père a perdu sa mère d'une maladie nosocomiale – elle se faisait soigner pour une hernie de rien du tout et finalement elle en est morte –, que ça n'a pas dû être facile pour moi, parce que j'allais chez elle quand nos parents se déchiraient ou qu'un nouveau déménagement s'improvisait : ils me déposaient alors chez ma grand-mère pour pouvoir se taper dessus tranquillement. La présidente lui demande s'il est possible que j'aie assisté à des scènes de violence, voire que j'en aie été, d'une manière ou d'une autre, victime. « Vu la période, ce n'est pas impossible, répond Mathieu, ce n'est pas impossible mais franchement, je n'en sais rien. »

La présidente remercie Mathieu et je suis heureux pour lui, heureux que ça s'arrête. Mon avocat se retourne, se contorsionne pour me parler et me lance dans un souffle : « Ne dites rien, surtout ne niez pas. »

Pour une fois, il semble agité mais content.

Quelque chose me dérange, que je ne parviens pas à identifier. Ce n'est pas qu'ils parlent de moi sans moi, ça je commence à m'y faire... C'est que Mathieu se trompe dans les dates. Il confond mon enfance et la sienne. C'est moi qui suis né au bon moment, quand nos parents vivaient les temps heureux d'un amour plein de promesses, et c'est lui, né quelques années plus tard, qui a été ballotté, avant même de savoir marcher, lors des crises à répétition. C'est lui, pas moi. Ils ont commencé à se déchirer quand j'avais déjà cinq ans et que Mathieu venait de naître. Je le sais, je m'en souviens, j'ai vécu les cinq premières années de ma vie dans le même appartement et ce n'est qu'ensuite que nous avons bougé sans cesse. Je me souviens même de ma mère m'expliquant que j'avais eu une petite enfance de rêve, que c'était l'âge d'or de leur couple, et que Mathieu n'avait pas eu cette chance.

Sans s'en rendre compte, Mathieu ne parle que de lui depuis une demi-heure. Comme tous les autres d'ailleurs : l'avocat général, la présidente de la cour, mon avocat, et même les magistrats… Ils ne parlent jamais que d'eux-mêmes. Dans la vie, chacun ne parle jamais que de lui. Moi, souvent, je préfère me taire, c'est peut-être pour ça.

12

Le sujet de la drogue revient régulièrement. Au début, ils ont même imaginé que Rédoine était mon dealer. Je vois bien que la drogue est une manière d'expliquer tout ce qu'ils ne comprennent pas. Ils ne comprennent pas mon amitié avec Ange, ils ne comprennent pas mon attitude le jour de l'enterrement de ma mère, ils ne comprennent pas pourquoi je ne dis pas que j'éprouve du remords, ils ne comprennent pas que je continue à nier la préméditation. Mais si je suis un drogué, alors tout s'éclaire.

C'est au tour de l'expert en toxicologie de prendre la parole. Je reconnais l'homme venu à la maison d'arrêt me faire une prise de sang et me couper une mèche de cheveux, un petit nerveux que j'avais trouvé sympathique, on avait discuté un peu. Il m'avait raconté qu'avec un seul cheveu, on pouvait maintenant retracer la consommation de drogue sur plusieurs années, on avait même parlé de sport, de dopage dans le vélo et dans le foot.

Tandis qu'il ouvre son dossier et s'apprête à lire, je me souviens d'une histoire qui m'avait marqué lorsque j'étais en école de commerce. Deux étudiants que je connaissais vaguement avaient été accusés de viol par une fille rencontrée en boîte de nuit. Ils étaient allés chez elle à la sortie et, le lendemain matin, elle avait porté plainte. Les faits étaient confus et les versions divergeaient : elle reconnaissait les avoir invités, juste pour boire un verre et prolonger la discussion dans un endroit moins bruyant. Elle admettait les avoir embrassés tous les deux, au début, mais elle prétendait qu'elle n'avait pas voulu aller plus loin et qu'ils l'avaient forcée, ce qu'aucun examen ne confirmait. Eux affirmaient au contraire qu'elle leur avait proposé « de s'amuser tous les trois », qu'elle était consentante et avait même semblé aimer ça. Le procès avait basculé avec la question de la drogue. Les deux garçons avaient fumé du cannabis cette nuit-là, pas la fille. Et l'instruction avait révélé qu'ils avaient fait un voyage à Amsterdam quelques jours auparavant. Le procès avait alors tourné en grande partie sur le voyage à Amsterdam. S'y étaient-ils rendus pour fumer de l'herbe, se livrer aux pires débauches, ou ce voyage avait-il eu d'autres motifs ? Dans l'esprit du président, comme peut-être de certains jurés, être drogué, c'était être pervers, donc capable du pire. S'il s'avérait qu'ils avaient pris leur voiture dans le seul but de se droguer à Amsterdam, ils pouvaient être coupables du viol. Autrement, leur sort se présentait mieux. D'une certaine manière, s'ils s'étaient rendus à Amsterdam pour y retrouver des cousins ou visiter des musées, cela voulait dire que la fille était consentante. Ils reconnurent être allés à Amsterdam pour faire la tournée des coffee-shops, et même rapporter un peu d'herbe à Paris. Pas beaucoup, juste un peu, pour eux et quelques amis. Ils prirent huit ans ferme pour viol en réunion.

Dans mon cas, j'ai comme l'impression que c'est tout le contraire. Il vaudrait mieux que je sois drogué : je serais alors un malade et pas un salaud, la drogue me vaudrait une circonstance atténuante. Je me dis que c'est la justice des hommes et que ce n'est pas surprenant, pas scandaleux non plus, juste un peu triste, triste comme le spectacle des hommes accrochés à leurs préjugés, à leurs petites certitudes, à leur manière de se rassurer ; ils s'accrochent à ce qu'ils peuvent pour se faire une idée. Et c'est de là qu'ils jugent. Juger : étrange mot quand même. Il me semble que c'est la première fois que je l'entends.

L'expert parle maintenant et ça fait du bien. Sa voix est claire et ses mots simples. Enfin quelqu'un qui n'insinue rien, qui n'interprète rien : il ne prend pas de grosse voix, ne souffle pas exagérément, il n'agite pas sa main en l'air, il dit les faits, les chiffres et ne raconte pas sa vie. Après avoir précisé les conditions de ses prélèvements, il affirme n'avoir trouvé aucune trace de drogue dans ses analyses. Du moins aucune trace des drogues qu'on lui a demandé de chercher. Il insiste davantage sur l'analyse des cheveux parce qu'elle donne à voir des résultats fiables sur les cinq dernières années.

— Merci monsieur l'expert, conclut la présidente. Ainsi nous pouvons être sûrs, je parle sous votre contrôle évidemment, que l'accusé, monsieur Solaro, n'est pas un drogué.

— Un drogué, pour moi, cela ne signifie pas grand-chose, corrige l'expert. Je ne sais pas ce que monsieur Solaro est ou n'est pas. En revanche, ce que je peux affirmer avec une quasi-certitude, au vu de mes analyses, c'est que la consommation de drogues de monsieur Solaro pendant ces cinq dernières années a été soit nulle, soit si faible qu'on peut la considérer comme nulle.

— Merci monsieur l'expert, répète la présidente – « si faible qu'on peut la considérer comme nulle » –, autrement dit, ne pouvant altérer le rapport au réel ou l'état de conscience de monsieur Solaro, nous sommes bien d'accord ?

— Nous sommes bien d'accord, madame la présidente, nous sommes bien d'accord.

13

La question que la présidente vient de poser à Louise, je crois que je ne l'aurais pas posée.

Jusque-là, les questions étaient plus générales, c'était comme une discussion normale et à vrai dire, je ne l'écoutais que d'une oreille. J'étais trop occupé à regarder Louise, à la trouver belle avec sa jupe noire sous le genou et son petit pull. Avec sa queue-de-cheval et ses hanches sur lesquelles je n'avais pas posé mes mains depuis si longtemps. J'étais trop occupé à imaginer mes mains qui relevaient sa jupe, qui glissaient sous son pull.

La présidente avait commencé par l'interroger sur la nature de nos relations et elle avait répondu que nous étions amis, mais aussi amants, et un peu amoureux. La présidente avait alors voulu savoir si on pouvait dire que nous étions « ensemble ». Louise avait répondu : « Oui, à notre manière », puis ajouté que tous les deux, nous aimions aussi beaucoup la liberté. La présidente avait dit qu'elle comprenait et, parmi les jurés, le jeune homme discret avait souri. Elle lui avait ensuite demandé depuis combien de temps durait notre histoire, Louise avait répondu que c'était difficile à dater, qu'il y avait eu différentes périodes. J'ai bien remarqué que Louise était gênée, qu'elle ne voulait pas entrer dans les détails et je me suis dit que c'était sans doute par respect pour un homme. La présidente n'a pas insisté. Elle a même changé de sujet. Elle a demandé si elle m'avait beaucoup vu pendant la maladie de ma mère, pendant cette période qui avait dû être difficile pour moi, et Louise a répondu que oui, qu'elle n'avait jamais cessé de me voir. Et pendant ce temps, je la regardais encore, je me disais que son pull devait être doux sur sa peau, j'imaginais qu'elle ne portait pas de soutien-gorge et j'avais du mal à me concentrer.

Quand la présidente lui a posé des questions sur moi, ça m'a aidé à revenir à ce qui se passait : comment avais-je vécu la maladie de ma mère ? Est-ce qu'elle m'avait soutenu ? Est-ce que j'avais eu besoin d'elle ? J'ai bien vu que Louise était surprise de ces questions, je l'étais aussi. Comme elle restait silencieuse, la présidente lui a rappelé que j'avais tué un homme peu de temps après la mort de ma mère et qu'ils voulaient comprendre, la cour voulait comprendre – juger, bien sûr, mais d'abord comprendre. Louise a rétorqué qu'il n'y avait, selon elle, pas de rapport entre les deux, qu'il ne pouvait y en avoir puisque c'était un accident. La présidente l'a coupée sèchement : ce n'était pas ce qu'on lui demandait. Louise a semblé piquée, elle a rétorqué que ce n'était peut-être pas ce qu'on lui demandait mais que c'était ce qu'elle pensait et qu'elle avait bien le droit de le dire, puisqu'elle était là. J'ai retrouvé ce caractère que j'aimais tant et qui la rendait si désirable, et je me suis dit que j'avais peut-être eu tort de la négliger.

Elle a fini par répondre à la question de la présidente, affirmant que nous n'avions pas ce genre de relations, que personne ne soutenait l'autre, qu'elle n'était pas mon infirmière et que, d'ailleurs, je n'en avais pas besoin. Elle a dit que je m'étais beaucoup occupé de ma mère mais que ce n'était pas une chose dont je lui parlais. Comment le savait-elle, si je ne lui en parlais pas ? Visiblement agacée, Louise a répondu que j'étais souvent à l'hôpital quand elle m'appelait.

Alors je me suis mis à penser à elle, à sa vie, et je me suis rendu compte que j'y avais rarement songé. J'avais toujours été content de la voir, de profiter des moments avec elle, je savais qu'elle les aimait autant que moi, mais jamais je ne m'étais soucié de ce qu'elle souhaitait vraiment. Je ne m'étais jamais posé la question de son bonheur.

La présidente a demandé à Louise si elle était

présente à l'enterrement de maman et Louise a répondu « Oui, évidemment », avec une pointe d'agressivité dans la voix. À son tour, la présidente a paru agacée : le « évidemment » de Louise n'avait en effet pas grand sens, au regard de ce qu'elle avait dit juste avant. L'un des deux magistrats a murmuré quelque chose à l'oreille de la présidente. Peut-être lui rappelait-il l'existence d'un petit mot d'un juré, peut-être lui suggérait-il que c'en était assez pour ce témoin, je ne sais pas. La présidente lui a répondu par la négative, d'un mouvement de tête, et elle a continué à interroger Louise à propos de l'enterrement. Des questions factuelles auxquelles Louise répondait sans attendre, comme pour s'en débarrasser : M'avait-elle aidé à organiser la cérémonie ? Avait-elle senti que j'étais moins serein que j'en avais l'air ? Avais-je évoqué Rédoine ce jour-là ? En quels termes avais-je répondu aux questions de la famille sur mes blessures ?

Je croyais qu'elle en avait fini quand elle a demandé à Louise si elle m'avait accompagné chez mon frère, au pot qui a suivi la cérémonie. Non, Louise a répondu qu'elle nous avait quittés sur le parking du cimetière. Bizarrement, la présidente a voulu savoir à quel moment Louise m'avait revu. Je n'ai pas compris pourquoi elle posait cette question. « Vous avez revu monsieur Solaro le lendemain ? Deux jours après l'enterrement ? Une semaine après ? » Louise ne voyait pas en quoi c'était important mais cette fois, elle l'a dit d'une voix douce, faible même. « Vous ne vous souvenez pas ? » Alors Louise a dit qu'elle m'avait retrouvé le soir même. Chez moi. Et c'est là que la présidente a posé la question que je n'aurais pas osé poser. Elle s'est excusée de poser cette question mais elle a dit qu'il fallait qu'elle le fasse.

Louise ne dit d'abord rien et moi je me souviens. Je me souviens de cette nuit qui n'était pas comme les autres. Louise finit par répondre et je me dis qu'elle n'était pas obligée. Elle dit juste : « Oui. » C'est un tout petit oui mais c'est comme si les bustes des jurés ne formaient plus qu'un seul corps pris d'un mouvement de recul. Et pour la première fois, je lis quelque chose dans l'œil du criquet : de l'effroi. Cette femme hirsute qui mâchonne avec fureur n'a pas dû faire l'amour depuis des mois, peut-être des années. Peut-être même qu'elle ne refera jamais l'amour.

14

La salle est bondée aujourd'hui, plus encore que les autres jours, il doit y avoir dans le public un groupe d'étudiants en droit ou quelque chose comme ça. Ou alors c'est parce que c'est le dernier témoin avant le réquisitoire. J'ai une chanson de Barbara dans la tête, j'ai toujours adoré Barbara. J'avais entendu une émission sur elle à la radio. Un de ses proches y était interviewé, un musicien qui l'avait accompagnée en tournée, il racontait combien elle était gaie, légère, avec quelque chose d'enfantin dans le comportement. À chaque nouvelle anecdote, le journaliste rappelait qu'elle avait pourtant eu une enfance sordide, qu'elle avait souffert du manque d'argent et avait été violée par son père.

Étrangement, je ne trouve pas ça désagréable de revoir Aïssatou. C'est peut-être à cause de son accent malgache, je me souviens qu'à l'hôpital déjà, j'aimais la faire parler, je la provoquais juste pour le plaisir, j'aimais sa façon de faire traîner les syllabes. Lorsqu'elle s'avance vers la barre, je la trouve plus ronde qu'à l'hôpital. Elle semble encombrée de son corps, comme si, à chaque pas, il lui fallait se remotiver pour faire le suivant. Elle paraît gênée d'être là. Pour commencer, la présidente lui dit qu'elle l'écoute et, visiblement, ça la fait paniquer. Elle répond qu'elle n'est personne pour juger, qu'elle ne voit pas quoi dire et qu'en plus, elle n'aime pas dire du mal. La présidente la rassure : juger, la cour s'en chargera. Elle n'est là que pour témoigner et aider la justice à faire son travail.

Aïssatou parle d'abord de ma mère : elle l'aimait bien, elle était gentille et ce n'est pas toujours le cas. Les aides soignants, souvent, on leur manque de respect. Elle dit que j'ai eu de la chance d'avoir une mère comme ça. Elle ajoute que ce sont les femmes qui portent les enfants, pas les hommes, et que tout ce qu'on demande aux hommes, c'est au moins de s'en souvenir. Elle dit qu'elle en voit des vieux qui restent seuls, toute la journée, dans leur chambre d'hôpital avec la télévision, qu'on se demande bien où ils sont passés, leurs enfants – heureusement qu'elle est là, la télévision, pour leur faire la conversation.

La présidente l'interrompt pour lui rappeler que ce n'était *a priori* pas le cas de ma mère, qu'elle avait fini ses jours entourée de ses proches et que moi, notamment, j'étais très souvent auprès d'elle. Je songe que ce n'est pas une belle expression, « finir ses jours », et même que ça ne veut rien dire. Aïssatou répond que c'est vrai, j'étais souvent là, mais elle ajoute que je ne me recueillais pas. Elle dit que Mathieu, lui, il se recueillait mais que je n'étais pas comme lui. Je me demande de quoi elle parle, l'attention de tout le monde monte d'un cran. Elle pense qu'on ne doit pas tout le temps faire des blagues, elle dit qu'elle n'a rien contre les blagues mais qu'il y a des moments où on ne doit pas blaguer, ce n'est que son opinion mais c'est une question de respect.

La présidente l'arrête pour lui signifier qu'elle ne comprend pas bien : elle lui demande si c'est moi qui ai manqué de respect et, si oui, à qui. Aïssatou ne répond pas directement mais elle ajoute que j'étais tout le temps sur mon portable au bout du couloir, que ce couloir n'était pas mon bureau mais un couloir d'hôpital avec des gens qui travaillent. La présidente lui suggère que j'ai peut-être eu, justement, des urgences professionnelles et Aïssatou rétorque, avec une vivacité que je ne lui connaissais pas, qu'à son avis, les urgences, c'étaient plutôt « les copines ». Elle dit qu'un fils, ça arrête de draguer et de faire des blagues quand sa mère est en train de partir. Elle dit que c'est ça, un fils, pour elle. Elle hésite un peu avant d'ajouter : « pas quelqu'un qui est à la librairie chaque fois que sa mère a besoin de lui ». Je vois que la présidente à nouveau ne comprend pas. Moi, si. C'est le « Point Presse » de l'hôpital qu'elle appelle librairie. « Une fois, reprend Aïssatou, madame Solaro avait mal, elle geignait et elle voulait voir son fils. Il était à la librairie et il est revenu au bout d'une heure et vous savez ce qu'il a fait quand il est revenu ? Il est reparti tout de suite parce qu'il avait faim. » Elle dit qu'un fils, ça arrête d'avoir faim quand sa mère est mourante et ne peut pas s'alimenter, elle dit qu'un fils que sa mère a porté, ça fait au moins semblant d'être triste quand sa mère va mourir mais que ce n'est pas à elle de juger. Elle ajoute que, de toute façon, il n'y a que Dieu qui juge et que c'est pour ça qu'il faut se recueillir.

Je regarde Aïssatou et je ne lui en veux pas. Elle ne sait pas que cela ne sert à rien, quand le malheur sonne à la porte, de lui ajouter la tristesse ou la plainte.

Je me rends bien compte que j'évite de regarder les jurés. Je devine quand même les petites lunettes rouges dans mon champ de vision. Mais quelque chose a changé, ce ne sont plus ces taches de gaieté dont je sentais souvent la présence, un peu comme des amies. Plutôt deux petits anneaux brûlant de colère et de haine.

15

— Mesdames et messieurs de la cour, mesdames et messieurs les jurés, c'est un homme que vous allez avoir à juger. Cet homme, c'est celui que nous avons essayé de comprendre pendant toute la durée du procès.

La voix de l'avocat général est grave, il n'a pas à la forcer ; elle emplit d'un coup toute la salle d'audience. Quand mon avocat parle, c'est le contraire : on a l'impression qu'il pousse sa voix, comme s'il était conscient du risque de ne pas être écouté. Il y a le poids aussi, ça doit jouer, l'avocat général appartient à la catégorie des gros charismatiques. Indéniablement, il connaît son métier, il sait faire durer les silences, ménager ses effets. Même moi, j'ai envie de l'écouter.

— C'est un homme que vous allez avoir à juger, un seul homme. C'est le même homme qui tire à répétition sur Rédoine El Atrech et qui boit des demis avec le fasciste Ange Carlotti, le même homme qui enterre sa mère et retrouve le soir même le lit d'une femme mariée, le même homme qui est condamné pour abus de bien social et qui croit que tout lui est dû, même les filles de banlieue croisées sur un parking. C'est le même homme, et c'est cet homme qu'il nous faut, qu'il vous faut désormais condamner et punir. C'est cet homme encore qui semble tout prendre avec le même assentiment, comme si cela ne le dérangeait aucunement : la mort de sa mère comme la dépression de son père, ses problèmes financiers comme ses démêlés avec la justice ou la mort d'un jeune homme, fût-il dealer et peu recommandable, fût-il la victime de sa propre rage, de sa propre vengeance. Même le suicide de son ami et complice Ange ne semble pas l'affecter.

Comment, je vous le demande, un homme de cette nature peut-il donc vivre en société ? Comment peut-il cohabiter avec les autres s'il n'est pas affecté par ce qui affecte les autres ? Monsieur Solaro a bien essayé de dire qu'il regrettait son acte mais, je vous le demande, qu'avez-vous entendu ? J'en appelle à votre cœur, j'en appelle à votre honnêteté et à votre raison, j'en appelle à votre humanité : qu'avez-vous entendu ? Avez-vous entendu un remords qui vienne du cœur et qui nous laisse envisager que la peine de cet homme, même s'il a tué, même s'il a tué de sang-froid, même s'il a tué et voulu tuer, doive être réduite, minimisée, amoindrie ? Avez-vous entendu quelque chose de cet ordre ? Moi, non.

Je n'ai rien entendu de tel. Mais j'ai entendu autre chose.

Le silence se fait maintenant total. Je pense à mon père et puis je ne pense plus à rien.

— J'ai entendu l'accusé évoquer l'ordre des choses. Oui, je ne fais que reprendre ses mots : l'ordre des choses. Selon monsieur Solaro, la mort de Rédoine El Atrech s'inscrit dans l'ordre des choses. En ma déjà longue carrière d'avocat général, en ma déjà longue carrière au service de la justice, je n'avais jamais entendu un tel propos. Jamais. Il m'a même semblé deviner que la mort de sa propre mère, et pourquoi pas celle de son ami Ange Carlotti, pouvaient elles aussi, à ses yeux, s'inscrire dans l'ordre des choses, mais je m'arrête là, je n'ose même pas l'imaginer ; je n'ose même pas pousser cette idée jusqu'à son terme.

« C'est précisément cette acceptation, j'aurais presque envie de dire cette acceptation heureuse, qui est le plus inacceptable. C'est elle, plus encore que la violence, qui constitue une menace, une menace infinie pour la société, pour l'ordre et pour la paix civile. Car la violence, on peut la combattre, on peut la canaliser, on peut essayer de l'empêcher. Mais contre cela, on ne peut rien faire.

Sa voix se fait encore plus dure, sa main pointe le ciel, il crie :

— Il n'y a de société possible que parce qu'il

y a des choses qu'il n'est pas possible d'accepter, des choses qu'il est même interdit d'accepter.

Je ne sais plus très bien ce qui est interdit, déranger les voisins en faisant l'amour avec Louise ou tuer un homme devant une boîte de nuit, avoir un ami antisémite ou acheter des journaux dans un hôpital, mais je vois bien que les jurés sont fascinés par une telle éloquence. Même celui qui ressemble à mon banquier a l'air de sortir de sa torpeur. Depuis le début, j'ai l'impression qu'il somnole, engoncé dans sa veste, qu'il vit le procès comme une contrainte, une perte de temps et d'argent. Je le revois lutter contre le sommeil pendant le témoignage de la copine de Rédoine. Elle ne m'avait pas accablé, enfin pas directement. Elle avait commencé par dire qu'elle ne savait pas si j'avais paniqué ou si j'avais voulu tuer. Elle savait en revanche qu'elle avait perdu celui qu'elle aimait. Avec Rédoine, finalement, ils formaient un vrai couple. Son témoignage m'avait troublé, je m'étais demandé s'il était sincère mais j'avais été diverti par ce juré qui piquait lourdement du nez. À présent, le réquisitoire de l'avocat général a sur lui un tout autre effet : il se tient parfaitement droit et ses yeux brillent d'une passion nouvelle.

— L'accusé n'est ni un imbécile heureux ni un drogué irresponsable. Vous l'avez entendu :

il parle et il pense bien. Il sait ce qu'il fait et ce qu'il dit. Ma conviction est qu'il a précisément une façon de penser qui est une menace pour la société. Ma conviction est qu'il a prémédité son crime mais ce n'est pas le pire : il ne voit pas où est le problème. Peut-être a-t-il toutefois raison de se référer à l'ordre des choses. Car il est aussi dans l'ordre des choses de mettre les hommes comme lui à l'écart de la société pour longtemps.

Il reprend son souffle, et d'une voix plus calme :

— C'est en pensant à la société et dans le souci de la protéger, c'est avec la conscience de mon devoir et de ma responsabilité que je requiers contre l'accusé une peine de quinze ans de prison.

16

La plaidoirie de mon avocat à peine achevée, je me dis que j'ai été injuste avec lui. Il a été bon et ça m'a fait plaisir. Pour moi, mais surtout pour lui. J'ai toujours aimé être agréablement surpris par les gens.

Au début, le contraste avec l'avocat général n'a pas joué en sa faveur. Il s'est éclairci la voix à plusieurs reprises et on avait l'impression qu'il réclamait le silence. Mais quand il a été lancé, il a dit quelque chose que j'ai trouvé fort. La première fois, je n'ai pas bien compris mais il l'a répété, presque sous la même forme, et alors j'ai compris. « Vous ne pouvez pas reprocher à mon client son attitude face au monde, son acceptation de tout ce qui est, et dans le même temps, le soupçonner d'avoir prémédité un crime pour se venger. Soit vous avez raison, mon client est bien cet homme acceptant tout ce qui est au point de ne pas souffrir de la mort de sa mère, et dans ce cas il ne peut préméditer un crime, il ne peut que tuer accidentellement. Soit il a bien prémédité son crime de vengeance, mais alors c'est tout votre argumentaire qui s'effondre. » À ce moment-là, il s'est tourné vers moi et j'ai vu qu'il pensait avoir marqué un point. Il a dit aussi que j'aimais la vie, que je l'aimais peut-être à un point difficile à imaginer, et alors j'ai eu peur qu'il reprenne l'anecdote des ailes de la mouche. Il a dit que c'était justement cet amour de la vie qui avait fait de moi le meilleur soutien possible pour ma mère mais qu'elle n'était malheureusement plus là pour en témoigner, tout comme c'était cet amour de la vie qui faisait de moi un homme foncièrement incapable de préméditer un meurtre. En conclusion, il a affirmé que j'avais tué un homme et que je le savais, que j'étais prêt à accepter la sanction pour peu, simplement, qu'elle soit juste. Et j'ai trouvé que c'était une belle idée.

La présidente l'a remercié puis m'a demandé si j'avais quelque chose à ajouter. J'ai trouvé qu'elle enchaînait un peu vite, que c'en était presque vexant pour mon avocat en train de se rasseoir. Il m'a semblé qu'elle avait marqué une pause plus conséquente à la fin du réquisitoire. Peut-être étaient-ils pressés d'aller délibérer, il était tard déjà et la journée avait été longue. Il faut avouer aussi que les mots de mon avocat n'avaient pas eu la même portée que ceux de l'avocat général. Mon défenseur avait sans doute raison, il avait sans doute dit des choses sensées, mais il ne leur avait pas donné le frisson.

17

— Monsieur Solaro, avez-vous quelque chose à ajouter ?

Face à mon silence, la présidente a reposé sa question et je ne l'ai pas entendue de la même façon. Soudain j'ai eu envie de lui répondre que non, je n'avais rien à ajouter tant il me semblait que tout avait été dit, tout avait été dit de leurs préjugés et de leurs œillères. Chaque prise de parole avait eu pour fonction de conforter celui qui parlait dans ce qu'il pensait, chaque phrase m'avait semblé un effort pénible et vain pour justifier une position : c'était bien la preuve qu'elle n'était pas bonne, cette position. Comment pouvaient-ils ne pas voir que le seul fait de se justifier est déjà un aveu d'échec ? Moi, je n'avais pas envie de me justifier. J'avais tué un homme et j'allais le payer. Je songeais à tous ces jeux de l'esprit qui m'avaient si souvent occupé depuis l'enfance : et si je devenais aveugle ? Aimerais-je autant ce monde si je cessais subitement de le voir ? Serais-je capable, comme on le dit, de le sentir d'autant mieux que je ne pourrais plus le voir ? Et si je devenais muet ? Sourd ? Et qu'est-ce que je préférerais : devenir aveugle ou muet ? Et si j'allais en prison, si je passais des années dans une cellule, serais-je capable d'aimer le souffle du monde comme je l'aime aujourd'hui ? Serais-je capable d'y être heureux ? Trouverais-je dans l'espace confiné la résistance contre laquelle éprouver mon envie ?

Il m'a semblé que c'était bien là ce qui me distinguait d'eux : ce qui était me suffisait amplement, je n'avais rien à ajouter. J'ai pensé qu'elle était là, l'injustice, la vraie. Il y avait ceux qui toute leur vie souffriraient, incapables d'aimer ce qui est, et il y avait les autres, les autres dont j'étais. Pourquoi ajouter que j'avais tué un fils de pute et pas un père de famille ? Pourquoi ajouter à toute cette comédie une comédie de plus ? Pourquoi répéter que c'était un accident si personne ne voulait l'entendre ?

Les choses existent, c'est ainsi et personne n'y peut rien, c'est ainsi et ça me suffit, je ne vois pas bien ce que je pourrais ajouter. Mais je ne l'ai pas dit. Le « non » n'est même pas sorti de ma bouche et la présidente a semblé déçue. À cet instant, j'ai eu l'impression qu'elle m'aimait bien.

Ensuite ils se sont tous levés, ils sont partis délibérer et moi aussi on m'a invité à sortir. J'ai été heureux de pouvoir marcher un peu, on m'a remis les menottes avant de quitter la salle d'audience et je me suis senti bien. C'était parce que je n'espérais plus rien.

TROISIÈME PARTIE

1

J'aime la tendresse de la terre sous mes genoux et j'aime aussi quand je la prends dans mes mains, quand elle glisse entre mes doigts. C'est comme une pluie, la pluie la plus douce qui soit. J'aime le miracle de ce silence qui éteint le tumulte de la cour. Et dans le ciel cet avion qui laisse une trace blanche ; il ne manque rien. Oh, je sais, il y a bien ces barbelés, il y a bien ces miradors mais je m'y suis fait. Ces barbelés, je peux les regarder longtemps, la tête renversée je contemple ces formes enlacées et alors ce ne sont plus des barbelés : ce sont des corps qui font l'amour, c'est le croquis d'un peintre ou autre chose encore. Le surveillant aussi, là-haut, perché sur son mirador, il suffit d'un peu d'attention et c'est lui le prisonnier, c'est lui le chien exilé dans le ciel.

Ma parcelle dans le potager, j'ai mis des mois à l'obtenir. Des mois de bonne conduite pour avoir le droit de planter des tomates et des courgettes, des poivrons et des oignons, des salades, des potirons. Ce que j'aime par-dessus tout, ce sont les potirons et les tomates, je ne sais pas pourquoi, peut-être pour leur couleur, ou pour leur démesure, surtout celle des potirons lorsqu'ils se mettent à enfler. J'en prends un énorme à pleines mains, je le soutiens et j'ai l'impression de sentir la force sous l'écorce, la vie qui pousse et qui réclame, éclate la carapace. Je réajuste la tige contre le tuteur, je resserre un peu le lien et je sais que ça suffit : il ne lui en faudra pas plus pour cesser de ployer et croître de nouveau. Il fait beau, si beau, j'aime cet orange, ce rouge, ce vert, cette lumière qui traverse les feuilles et je suis dans les îles, là où le rhum permet de supporter la chaleur et de voir briller des serpents à la surface de l'eau, je suis partout où les grillons chantent leur bonheur d'être au monde, je suis allongé dans le sable, les bras en croix, partout où souffle le vent tiède.

Devant moi, Vieran s'affaire dans sa parcelle, courbé lui aussi vers ses plants. Il a enlevé son T-shirt et je vois le mouvement précis des muscles de son dos, luisant de sueur. Il a des tatouages d'aigles et de lianes qui semblent s'animer, glisser, s'enrouler autour de ses hanches et de ses avant-bras. C'est étrange, je ne pense jamais à ce qu'il a fait. Je le sais, bien sûr, tout le monde le sait, mais c'est comme si cela n'existait pas. Nous parlons peu, et quand nous parlons ce n'est que de graines, d'arrosage, d'ensoleillement. J'aime son accent croate lorsqu'il m'appelle « le Français ». Seules les longues peines ont droit au potager. Les courtes peines n'ont droit à rien, juste à apprendre le crime et à se faire tabasser. « C'est fini ! » annonce le surveillant qui fait les cent pas entre les parcelles. « On rentre, on remballe ! » Il me regarde et note quelque chose dans son carnet, je me demande bien quoi.

Le potager est situé à l'extrémité de la prison, planqué derrière un bâtiment qu'il faut longer avant de regagner la cour principale et de retrouver les insultes, les cris, le bruit des ballons et des prénoms gueulés, ce vacarme qui jamais ne s'arrête et monte encore d'un cran à la moindre bagarre, comme des broussailles qui s'enflamment. Nous marchons silencieusement tandis que la clameur se rapproche. Nous marchons, tête baissée sous le soleil et je ne pense à rien, je regarde seulement le mouvement des lianes, devant moi, sur les épaules de Vieran.

2

Pendant toutes ces années, j'ai vécu sans rien fabriquer. Ça ne me manquait pas, je ne m'en rendais pas compte. Aujourd'hui, quand je repense à mon métier, je le vois comme ça : vendre du vent en faisant des moulinets avec les mains. Je pense à la ville, si proche, là-bas derrière les murs : la ville est pleine de marchands de vent. On les attache à leur poste en échange d'un salaire, pendant des heures, des mois, pendant des années ; ils en oublient de se demander ce qu'ils ont fait, s'ils ont eu simplement un métier.

Ici, je fabrique des tabourets et des tables de nuit. Des tabourets surtout, les tables de nuit c'est plus rare. Je scie, je ponce, je visse, je me bats avec le bois dans un vacarme étourdissant. L'atelier menuiserie, c'est mardi, mercredi et vendredi. On ne le demande pas trop à cause du bruit, des hurlements métalliques des scieuses, de la plainte des ponceuses qui fait mal jusqu'au fond des os. Mais quelque chose me plaît dans ce bruit : on a l'impression qu'il est utile. Je suis sûr que les autres se le disent aussi, c'est pour ça qu'ils le supportent. Et puis il y a ce que je me raconte, d'une certaine façon c'est plus fort que le bruit. Quand j'ai fini une table de nuit je me dis : c'est pour les filles. Ce sont des phrases comme ça que je me répète, elles ne veulent rien dire mais c'est comme un rite, une habitude. Les tables de nuit, c'est pour les filles. Il y a d'autres phrases que je me répète. Par exemple, quand j'ai le tournevis bien en main et que la vis ne peut plus bouger, mais alors plus du tout, je me répète qu'il y en a une qui n'ira pas plus loin et je suis envahi par une impression d'accomplissement. Parfois je suis pris d'un fou rire rien qu'en me disant : il y en a une qui n'ira pas plus loin.

Mais ce que je préfère, c'est poncer, poncer à la main, sans machine ; je travaille alors la régularité de mon bras et ma respiration. Je prends appui sur mon bras gauche et de l'autre je vais et viens jusqu'à me faire mal au muscle, en transpirant à grosses gouttes. L'autre jour, c'est un surveillant qui a dû m'arrêter : il s'est jeté sur moi par-derrière et m'a bloqué le bras, je me suis demandé ce qui lui prenait. J'étais tellement à mon travail que je n'avais pas entendu la sonnerie, voilà tout.

3

Dans ma cellule, l'abattement me tombe parfois dessus. Quelque chose se resserre au niveau de ma poitrine et le bruit explose dans ma tête. Des bruits suraigus, des cris, des hurlements. En prison, le silence n'existe pas. Alors, je sens des douleurs dans les côtes, les poumons, je sens des pointes dans le dos et j'ai du mal à respirer. Le pire, dans ces moments-là, c'est les dents. La flèche transperce ma joue et remonte dans mon crâne, se fiche dans mon os. Pile sur le nerf. Et puis elle tourne et tourne, insiste avec une précision intelligente, c'est le diable même. Je m'entraîne à ne pas crier. Je sais ce qui arrive la nuit à ceux qui gueulent trop fort. On finit par entendre des coups étouffés et puis les hurlements s'arrêtent net – on peut enfin s'endormir.

Quand ça ne va pas, je m'allonge sur mon matelas et je regarde le plafond. C'est comme un ciel sombre et agité : on le regarde autrement lorsqu'on sait que la lumière reviendra. Tôt ou tard, il y aura une trouée dans le ciel. On attend qu'elle arrive. On sait que par le passé elle est toujours revenue ; c'est l'expérience. Comme pour les crampes. J'ai appris aussi. À ne pas me concentrer sur la douleur mais à me souvenir du plaisir, quand ça s'arrête. Je suis à deux doigts de les aimer tant j'aime le plaisir à la fin, la délivrance. En Inde, déjà, les amibes m'allongeaient dans la sueur et la fièvre, à deux doigts de l'évanouissement, mais je savais attendre le répit qu'elles finiraient par m'octroyer.

Je vais mieux maintenant et je grave des lettres dans le mur de ma cellule. Ce mur est dégueulasse et suintant mais je l'aime bien. Le dos de ma cuillère s'y enfonce et me rappelle d'autres choses que j'ai aimées : ces galets humides qui laissent du blanc dans la paume et sur lesquels, avec Mathieu, on gravait nos prénoms ; mes premières cartes postales aussi, c'était pour mes grands-mères, j'enfonçais la bille du stylo dans le papier en appuyant très fort. Je revois Mathieu hilare lorsqu'il m'enterrait dans le sable, l'eau fraîche des plages de Normandie quand on entrait dedans.

Je sens les muscles de mes bras, les biceps bien sûr, mais pas seulement, les autres aussi. Des muscles comme ça, je n'en avais jamais eu avant la prison. Je me jette au sol pour faire des pompes. J'aime sentir le poids de mon corps dans mes bras et puis sentir que ce poids diminue. Je n'arrête pas de progresser depuis que je suis ici. Avant, je ne pensais qu'aux chiffres, à battre mon record, j'étais tendu vers le résultat. Maintenant c'est le rythme qui m'intéresse, le rythme et la souplesse, je ne veux plus passer en force, je veux que ça swingue et que ce soit facile. Je faisais des pompes pour m'entretenir, je les fais pour le plaisir. J'étais un laborieux et me voilà qui danse. Je passe aux pompes claquées. J'ai le rythme, je l'ai bien, je suis dedans. Danse, danse. Voilà ce que je me répète en poussant sur mes bras, en claquant dans mes mains : danse, danse.

4

Mon père a plutôt bonne mine. Je suis heureux de retrouver ses beaux yeux bleus. Comme chaque fois qu'il vient me voir, j'ai fait un effort, je me suis rasé et lavé les cheveux. Il n'y a que cette odeur d'humidité qui ne me quitte pas, me quittera-t-elle un jour ? Je n'ose pas lui demander s'il la sent.

Ce parloir me fait penser à une salle de classe miniature. Sans doute à cause des trois chaises, le même genre de chaises qu'à l'école. C'est un des endroits les moins bruyants et les plus propres de la prison. Chaque fois que j'y retrouve mon père, chacun essaie de rassurer l'autre, chacun essaie de convaincre l'autre qu'il s'en sort. Il vient d'emménager avec une amie et je ne pouvais pas imaginer meilleure chose. Veuve, comme lui, précise-t-il. Il l'a rencontrée dans un groupe de parole. Il lui a demandé de lui préparer les plats que moi je lui préparais : l'omelette aux cèpes, le poulet au cidre… Bien sûr, elle n'a pas mon niveau, plaisante-t-il. « C'est une amie, tu sais, juste une amie. Je lui parle de ta mère, elle me parle de son mari. Nous parlons de nos morts, ça nous fait un peu de vie. C'est comme si on vivait à quatre. Parfois j'ai même l'impression que ta mère va apparaître, qu'elle va sortir de la chambre et nous rejoindre dans la cuisine. Elle est partie, ça fait longtemps maintenant, je le sais, mais c'est comme si le temps n'était pas passé. Quand même, quand j'y repense, toutes nos disputes ! Ah ça, on se chamaillait ! Tu te souviens en voiture ? Je conduisais toujours trop lentement pour elle, ça la rendait folle que j'anticipe les feux rouges... Tu te souviens quand je pilais et lui disais : "Vas-y ! Prends le volant si t'es pas contente !" ? Et c'est ce qu'elle faisait, elle sortait pour contourner la voiture, tout le monde klaxonnait. On s'imaginait souvent vieux ensemble et on riait de ça. Elle prenait une voix chevrotante et se moquait de moi, elle m'imaginait vieux socialiste, sirotant mon porto de retraité. D'ailleurs, tu sais, chaque fois que ç'a été dur, quand notre couple a souffert, c'était cette perspective qui me réchauffait le cœur : je me disais qu'on serait vieux ensemble et que rien que pour ça, ça valait le coup de tenir. Elle aussi, elle se disait ça, je le sais, elle se disait qu'on serait vieux ensemble. On misait tout sur nos vieux jours. Eh bien tu vois, c'est raté. »

J'ai envie de le prendre dans mes bras mais

quelque chose me retient, peut-être cette odeur d'humidité. Il lâche dans un souffle : « Je vis avec elle comme si elle était encore là, je le sais bien, je sais bien que je n'accepte pas. »

Je revois mon père quand j'étais enfant, ses envolées socialistes à table, contre leurs amis de droite, que Mathieu et moi observions en spectateurs : « La différence entre vous et moi, c'est que moi, l'injustice, je ne l'accepterai jamais. » Voilà mon père : il n'accepte pas. Il veut toujours améliorer les choses. Enfant, j'avais joué un peu au tennis et participé une fois à un tournoi. J'avais perdu assez nettement contre quelqu'un de mon niveau. J'avais perdu mais j'avais aimé le match, j'avais été heureux de courir et de frapper dans la balle. Je me souviens qu'après il était entré dans ma chambre et m'avait dit : « Alors, qu'est-ce qu'on peut faire pour améliorer les choses ? » Je me souviens que je n'avais pas compris ; moi je les trouvais très bien, les choses.

Soudain, c'est lui qui me prend dans ses bras, sa voix a changé, elle s'étrangle dans un sanglot : « Un jour, tu sortiras d'ici, je veux que tu y penses aussi, dis-moi que tu y penses. » Je lui réponds qu'il ne comprend pas : l'important n'est pas ce que je pourrai faire en sortant mais ce que je peux faire ici, ici et maintenant. « C'est ça qui est réel, papa, tu comprends ? » Mais il ne comprend pas : il continue à me parler de remise de peine, de bonne conduite, à se perdre dans des calculs hypothétiques sur ma date de sortie. Il commence toujours par poser les treize ans et puis il retranche : les mois déjà effectués, l'année de maison d'arrêt, les remises de peine et je ne sais quoi encore. Et il n'arrive jamais au même chiffre. Je ne sais pas comment lui dire d'arrêter, que c'est dangereux de fantasmer. Il ne comprend pas que c'est complètement irréel, ma sortie, complètement irréel, cette remise de peine qui interviendra dans des années ou peut-être jamais. Il ne comprend pas qu'ici, les déceptions n'ont pas le même poids : ici, on peut mourir d'espérer. Je lui dis que c'est le réel qui compte, c'est lui et lui seul qui peut nous rendre heureux. Mais je vois qu'il n'entend rien. Il a les yeux baissés. Dans un murmure, il dit qu'il me plaint. Il dit que je ne me plains pas mais que lui, il me plaint. Alors je lui ordonne de bien m'écouter et je lui dis de me regarder. Je lui dis que ma sortie, je n'y pense jamais. Jamais. Je lui dis que j'ai cette vie-là à aimer et que c'est bien assez. Je lui dis que je ne veux pas de son espoir parce que l'espoir est un poison : un poison qui nous enlève la force d'aimer ce qui est là.

5

L'histoire que Djalil raconte à Vieran, j'ai dû l'entendre vingt fois. Il nous la racontait en boucle dans notre cellule de la maison d'arrêt. Mais j'ai toujours du plaisir à l'écouter. À vrai dire, c'est plus que du plaisir, c'est de la curiosité. Elle me pose une question, son histoire. Enfin pas son histoire, l'histoire je la connais, mais sa manière de la raconter. Il parle du jour où il a dû fermer son bar à Saint-Denis. Il dit que c'est la fin d'une belle histoire et le début des emmerdes. Avant, du temps du bar, les trafics restaient petits, c'était pour dépanner. Quand le bar a fermé, les petits trafics sont devenus gros et tout le reste a suivi. Mais ce n'est pas ça qui retient mon attention, c'est la précision avec laquelle il cherche à décrire le jour de la fermeture. Il dit qu'il pleuvait ce jour-là et puis il se corrige : non, il ne pleuvait pas, mais il faisait gris, gris et orageux. Il dit que c'était un jeudi et puis il rectifie : c'était un vendredi. Le jeudi soir il n'y a jamais de concert et ce soir-là il y avait un concert. Il dit qu'il y avait du monde sur la place, ce soir-là, en face de la basilique. Il se débat avec sa mémoire pour nous donner la version la plus exacte des faits. Pourtant, pour nous, ça ne change rien. C'est quelque chose que j'avais déjà remarqué : cette passion du détail chez ceux qui racontent une anecdote de leur passé, ils veulent vraiment nous dire comment ils étaient habillés, ce qu'ils avaient mangé ou le temps qu'il faisait, ils y tiennent bizarrement.

Pendant que nous discutons, les Corses approchent. L'un d'eux connaissait Ange et il s'est mis dans le crâne qu'Ange ne s'est pas suicidé, que ça m'arrangeait bien d'être sans lui dans le box des accusés. Je n'ai jamais compris où il avait pu trouver ça, d'autant que l'absence d'Ange au procès a clairement joué contre moi. Mais ce Corse, ce n'est pas quelqu'un à qui on peut parler, il a toujours le blanc des yeux injecté de sang, il me poursuit dans la cour en me répétant que les Corses, ça ne se suicide pas, les Corses, on les suicide. Vieran va à leur rencontre. Je ne sais pas ce qu'il leur dit mais ça prend du temps. Ils finissent par rebrousser chemin.

Djalil revient à son récit et subitement je comprends ce besoin de précision. C'est du respect pour ce qui a été. Il rend hommage à ce qui a eu lieu, pour l'unique raison que cela a eu lieu. Avec le temps, seul demeure l'essentiel. Ce n'était ni bien ni mal, ni agréable ni pénible, pas même le jour le plus sombre de sa vie. La preuve, le temps en fait déjà un bon souvenir. Mais cela a été : c'était un vendredi et il ne pleuvait pas.

6

Mon père est un géant et je suis dans ses bras. Je dois avoir trois ans, quatre ans, et je vois le visage de ma mère tournoyer dans le soleil. « Encore, encore ! » Il rétorque qu'il a le tournis mais moi j'en redemande, je ris de tourner sans fin jusqu'à ce qu'il me pose dans l'herbe et que le ciel prenne le relais, je m'allonge dans les herbes hautes, c'est doux, c'est tellement doux et dans le ciel les nuages sont comme des personnages.

Je nage avec Julie dans l'océan, les vagues sont fortes et régulières et nous avons dix-sept ans. En sortant, je l'embrasse malgré nos cheveux collés à nos visages et j'aime ce goût de sel et de désir qui monte, je glisse un doigt en elle tandis qu'elle glisse sa langue dans ma bouche, tout est tellement logique, tout coule de source, elle s'assoit sur moi et je la vois qui va et vient, je vois surtout le soleil au-dessus d'elle et quand je ferme les yeux je vois encore tout ça, je vois tout ça en mieux, que demander de plus ?

Mon père prépare une salade dans la cuisine ouverte sur le jardin, par la fenêtre il nous demande de mettre la table et nous faisons semblant de ne pas entendre. Nous sommes à table, mon père, ma mère, mon frère et moi, nous avons les pieds dans l'herbe et les tomates sont juteuses, Mathieu et moi adorons la sauce à l'échalote, nous voulons goûter le vin mais nous n'avons pas le droit. « Ou alors juste les lèvres, tu trempes juste tes lèvres. » C'est bon, c'est amer mais c'est bon, Mathieu grimace plus que moi et nous sentons que c'est important, un jour nous serons grands et nous boirons du vin mais pour l'instant nous courons dans le jardin. Il y a un peu de vent dans les feuilles des arbres, c'est comme une risée à la surface de l'eau, que demander de plus ?

Je suis sur une plage en Inde et nous mangeons du kingfish péché le matin même et grillé devant nous, nous vivons nus sous nos paréos et passons de bungalow en bungalow sans poser de questions. Ici personne n'est condamné, ici personne n'a de passé, ici nous ne sommes condamnés qu'au plaisir et à la paix. Des oiseaux planent au-dessus de nos têtes et dans nos veines il y a cette brûlure, cette présence. Tout est là, tout est là depuis toujours, je vois des chevaux qui se roulent par terre, des chevaux qui galopent le cou tendu de bonheur et ça me fait penser au cou des oiseaux migrateurs, au vol des oies sauvages ou à celui des grues, je vois des mouettes qui planent en dessinant des cercles parfaits, je les vois dans l'azur éblouissant par la fenêtre de ma cellule, je les entends au loin appeler, appeler, et quand elles se sont tues je les entends encore. Alors je leur réponds, je leur réponds et je sais qu'elles m'entendent.

7

Louise me murmure des choses à l'oreille mais j'entends surtout son souffle, sa respiration qui s'accélère, j'aime tant quand elle s'assoit sur moi et que mon visage plonge dans ses seins, sa chemise est ouverte et la chaise fait du bruit, de plus en plus de bruit, la chaise crie, grince et c'est un bruit d'amour, ce ne peut être qu'un bruit d'amour ce bruit qui monte du parloir et qui en rejoint d'autres, venus d'autres parloirs et de plus loin encore.

Elle dit mon prénom, je dis le sien et c'est notre dialogue, c'est notre rêve et notre danse, dix fois, vingt fois, je répète son prénom et je plonge mes yeux dans les siens, je plonge mes mains dans ses cheveux, je lui serre fort la nuque, de plus en plus fort et elle continue à dire mon prénom, dix fois, vingt fois, et c'est notre chanson, elle dit mon prénom et elle dit « t'arrête pas, t'arrête pas, surtout t'arrête pas ». Non, je ne vais pas m'arrêter. C'est bien au-delà de mon plaisir ou du sien : c'est l'existence même du plaisir que nous célébrons en tremblant. Ce n'est pas son corps, sa nuque à elle que je serre fort, c'est le miracle même des corps.

Après, nous sommes bien, nous ne bougeons plus. Les gardiens nous laissent du temps. Je leur offre des légumes en échange. Je sais qu'ils jettent un œil de temps en temps par le vasistas coulissant de la porte du parloir. C'est de bonne guerre.

« Tu ne crois pas qu'on devrait rebaptiser cet endroit ? » J'aime tellement la voix de Louise quand elle revient à elle, je lui réponds que non : parloir, c'est bien. « Alors parle-moi, dis-moi ce que tu veux. » Elle passe sa main sur mon torse, je sens ses doigts si doux et je lui dis que nous avons de la chance.

8

Louise m'a avoué que c'était plus simple pour elle maintenant que je suis en prison. Ce n'est donc pas avec moi qu'elle aura un enfant, elle le sait désormais. Je comprends très bien ce qu'elle peut ressentir. Pourquoi refuser le peu de clarté que la vie nous offre parfois ? Il nous faut construire nos vies sur ce qui est réel. Je me dis même que le sort nous a aidés : elle aurait pu tomber enceinte de moi juste avant mon incarcération.

Je pense souvent à cette interview que j'ai lue et relue dans un vieux quotidien, en bibliothèque. À cette femme reporter prise en otage à Bagdad, séquestrée six mois dans une cave où elle ne pouvait pas se tenir debout. De toute façon, elle n'avait pas le droit de se lever. Elle n'avait pas non plus le droit de parler. Ses geôliers l'appelaient par un numéro, deux fois par jour, pour qu'elle se rende aux toilettes. Le lendemain de sa libération, elle explique dans l'interview que sa détention fut supportable, et même qu'elle va bien. Le journaliste qui l'interroge manifeste son étonnement et elle émet l'hypothèse que c'est parce qu'elle n'a pas d'enfants. Si elle en avait eu, elle n'aurait pas pu vivre cet enfermement de la même manière. On peut tout supporter pour soi mais on ne peut pas supporter le mal que sa propre situation inflige aux autres. On peut se replier dans sa vie intérieure mais à la condition de n'avoir que soi comme souci. Je vois très bien ce qu'elle veut dire. Pas le journaliste. Visiblement, ça lui pose un problème qu'elle aille bien. Il se montre insistant. Il va jusqu'à mettre en doute ce qu'elle dit. Il me fait penser au psychologue que je vois ici : on m'impose d'y aller une fois par semaine. Dès que je lui dis que je me sens bien, il semble souffrir, son visage se crispe.

C'est ce que je me suis répété pendant les longs mois où j'ai attendu mon procès en maison d'arrêt, puis en centre de détention : heureusement que je n'ai pas d'enfants. J'ai fait ce que j'ai fait, j'assume, mais comment assumer que les autres paient pour soi ? J'en ai vu des pères devenir fous depuis que je suis ici. Fous de ne pas voir leurs enfants ou de mal les voir, fous de dépendre du bon vouloir de la mère ou du nouveau beau-père, fous de préférer finalement ne plus les voir du tout. Déchirés entre le manque qu'ils éprouvent et la souffrance qu'ils causent. Dévorés de honte, de culpabilité, implorant un rendez-vous avec le psy. Mais le psy, ici, c'est des semaines d'attente. Il suffit de le demander pour ne jamais pouvoir le voir. Moi je n'ai rien demandé, j'ai tellement mieux à faire que de parler pour ne rien dire, mais on m'a dit que je n'avais pas le choix.

Dans la cellule de la maison d'arrêt, on était trois : Djalil, Ahmed et moi. On a été quelques fois plus nombreux mais jamais très longtemps. Les autres, c'étaient des petits délinquants qu'ils mettaient avec nous, en attendant, sur des matelas à même le sol. On a passé là-bas plus de six mois tous les trois. Le soir, Ahmed pleurait. Il pensait à sa petite fille. On a mis des semaines à savoir que c'était pour ça. Il a eu son procès en premier. Après, ils l'ont remis avec nous le temps de lui trouver une place en centre de détention. Il venait de prendre onze ans et ne pleurait plus. C'était pire. Il ne disait plus rien, il ne mangeait plus, maigrissait à vue d'œil. On ne pouvait plus trouver son regard. Parfois, la nuit, il se mettait à hurler en se redressant d'un coup, trempé de sueur. On ne comprenait pas. Onze ans, vu ce qu'il avait fait, ça n'était pas une surprise. Et puis, un jour, on a compris. Ahmed a articulé quelques mots : le mec qu'il avait buté avait aussi une petite fille.

Depuis que je suis en prison, je pense souvent aux enfants. D'une certaine manière, je comprends mieux pourquoi Louise en voulait avec moi. Je crois que j'aurais pu leur apporter des choses. J'aurais su leur montrer combien la vie est douce, aussi douce que cette plaque de chêne que j'ai fini de poncer, et sur laquelle maintenant je laisse glisser ma main ; j'y appose même ma joue pour sentir sa caresse. Mais je suis rappelé à l'ordre par le surveillant.

9

Je ne sais pas pourquoi ils m'ont transféré ici mais ce n'est pas grave : j'y gagne. Le centre est fermé, comme ils disent, mais le jardin est fabuleux. Il y a des fougères géantes, plus hautes encore que les herbes hautes et des fleurs roses, violettes, et même orange, je ne sais pas comment elles s'appellent mais je les arrose et puis j'attends, j'attends qu'elles poussent. Je peins beaucoup aussi : dans l'atelier, j'étends au sol de gigantesques bâches et je balance en courant des jets de peinture dessus, des jets qui se croisent et se recroisent dans tous les sens. Je veux peindre l'énergie, je veux donner à voir la vibration de la vie, je veux que ce soit aussi vivant que les fougères et les fleurs. J'essaie, lorsque je peins, de le faire en rythme et, lorsque l'atelier musique a lieu en même temps, de me régler sur la trompette bouchée de Luis ou les maracas de Léone.

Le centre, tout compte fait, ressemble beaucoup

à la prison. On invente sa vie entre quatre murs, on est seul dans sa cellule et on mange tous ensemble, il faut respecter les sonneries et obéir à des surveillants qui ont l'air malheureux. Ici, les cellules s'appellent chambres mais ça ne change rien. La seule différence, c'est que les meubles sont fixés au sol et que c'est plus propre. Le centre, c'est comme la prison avec moins de fous. Évidemment, il y en a de très démonstratifs, qui se jettent sur les murs et partent à l'isolement, mais c'est loin d'être la majorité. Je sais bien qu'on est censés être malades mais la prison aussi est remplie de malades et nous sommes nombreux, ici, à ne pas bien comprendre de quoi nous souffrons.

La première fois que j'ai vu le directeur, je lui ai demandé quelle était ma maladie. Il n'a rien répondu de très clair. Il a dit que j'étais là pour être soigné, que je serais bien mieux ici qu'en prison et que je devais faire confiance à la science. Il a parlé du bon dosage entre chimie et psychothérapie et employé une métaphore dont il semblait fier. Il était question d'un ordinateur qui ne marchait plus. On le croyait cassé mais il ne l'était pas : en fait, il n'était que déprogrammé. Pour le réparer, il suffisait de le reprogrammer. Eh bien, les êtres humains, c'est pareil : avec un peu de volonté, on peut aussi les reprogrammer.

10

Pour les cachets et les gélules qu'on nous force à avaler, j'ai ma méthode. Les plus petits cachets, je les coince dans le creux d'une de mes dents, au fond de la bouche. Et je les recrache après, les infirmiers n'y voient que du feu. Les gélules plus grosses, les bicolores, je les ouvre et les vide sous la table, puis je les referme avant de les déposer bien en évidence à côté de mon assiette. Quand on me rappelle qu'il faut les prendre, j'avale les gélules vides avec de grandes gorgées d'eau. Je ne veux pas de ce filtre entre le monde et moi ; je ne veux pas qu'on m'empêche de ressentir ce que je ressens.

Je crois que Léone a compris mon petit jeu, je me demande si elle ne fait pas comme moi. Avant d'arriver ici Léone était professeur de lettres, mais un professeur de lettres atypique : elle était aussi pilote de rallye. J'aime bien ses cheveux blonds frisés et ses éclats de rire saccadés. J'ai l'impression qu'elle joue plus la folle qu'elle ne l'est. Mais la différence est-elle si tranchée ? Quand les hommes ou les femmes se mettent en colère, ne sont-ils pas toujours un peu en train de jouer ? Et quand ils souffrent de jalousie, quand ils font des crises de larmes et de tremblements ? En recrachant mon cachet, je me dis que ce n'est peut-être qu'une question de quantité, rien de plus. Peut-être que les fous ont oublié qu'ils jouent, voilà tout. Ou alors c'est le contraire : ils ne l'ont pas oublié du tout.

Avec les médecins, c'est plus difficile qu'avec les cachets. Ils sont nombreux et ils changent tout le temps. On nous dit qu'ils prennent des vacances mais nous savons qu'ils partent en dépression. La seule manière de leur échapper, ce serait de faire ce qu'il faut pour se retrouver à l'isolement. Là, au moins, on ne voit plus personne. Les salles sont au sous-sol, parfaitement vides, sans fenêtres, éclairées d'un néon qui ne s'éteint jamais. Mais ce serait une stratégie perdante : il n'y a vraiment rien à y faire. Mieux vaut supporter les médecins et profiter du reste.

11

Le médecin me regarde comme un instituteur sévère mais compatissant. Il me répète que si je me sens mal, angoissé, je peux le lui dire : il est là pour ça. Je lui réponds que tout va bien et il me regarde avec consternation. Il reste un temps silencieux, je crois que sa tête bouge un peu, comme s'il opinait du chef très légèrement. Soudain il me dit que j'ai le droit. Je ne vois pas de quel droit il parle. Il me fixe toujours de ses petits yeux. Il me dit que j'ai le droit de m'écrouler, puis quelque chose d'un peu compliqué où revient souvent le mot haine. Il me fatigue. J'ai envie de retourner à mon jardin ou même dans ma chambre. Je lui réponds que je n'ai pas d'angoisse et ne ressens aucune haine, et il semble abattu. D'une voix plus lasse, il me demande alors pourquoi j'ai crié, seul, au fond du jardin. C'est simplement parce que j'étais content, parce que c'était beau et imprévu. Ces fleurs s'ouvrent et se referment dans la même journée. L'une d'elles s'était ouverte à nouveau après s'être refermée, cela n'arrive jamais. Elle était complètement épanouie, traversée de soleil. Le médecin est contrarié.

Je songe alors aux hurlements des supporters quand le ballon rentre dans le but, aux insultes des automobilistes quand la voiture de devant ne démarre pas assez vite, à ces mères qui perdent leurs nerfs et hurlent sur leurs petits. Tous ces cris-là ne le dérangent pas. Mais le mien, oui. Le mien, il ne le supporte pas. J'hésite à le lui faire remarquer mais je n'en fais rien et, deux minutes plus tard, nous sortons de son bureau. Nous croisons Léone dans le couloir, qui nous vise d'un pistolet imaginaire en lâchant des « Pan, pan ! », « Pan, pan, pan ! » L'infirmier la tire par le poignet, elle me fait un clin d'œil en continuant à me viser.

12

Il y en a certains que je plains ici. Ils ne mangent pas avec nous, ils ne s'amusent pas avec nous, ils restent dans leur bulle à parler tout seuls ou à reproduire le même rictus, le même geste heurté. On a l'impression que, pour eux, le monde extérieur n'existe pas ; ce doit être ça, la folie. Ils ne me voient pas mais moi je les vois et je pense à eux. Je me demande ce qu'ils éprouvent.

Ressentent-ils la fraîcheur du matin, juste avant l'aube ? Connaissent-ils seulement la douceur des soirs d'été ? Sont-ils sensibles à ces éclaircies qui libèrent d'un coup le ciel et l'âme ? Que voient-ils donc si leurs yeux ne nous voient pas ? Même quand ils nous invectivent, quand ils nous sautent à la gorge, on a l'impression qu'ils ne nous voient pas. Dans ces cas-là, les hommes de la sécurité sont d'une efficacité redoutable. Ils les immobilisent avec méthode, sans même utiliser les Taser qu'ils portent à la ceinture. Ils s'y mettent parfois à quatre, mais ça ne dure jamais longtemps.

Léone a des théories sur tout. Souvent, à table, elle réclame le silence pour nous les exposer, à voix très basse. Elle a peur que nous soyons écoutés, elle répète tout le temps que les murs ont des oreilles et pour que nous comprenions bien, elle ouvre des yeux exorbités en agitant ses mains derrière ses oreilles. Elle dit que tous les personnels du centre sont armés, et pas simplement de pistolets Taser. Ils n'en ont pas le droit mais ce sont des armes récupérées à la fouille, lors de l'admission de certains patients. Ils devraient les rendre à la police mais ils ne le font pas, et la police ne vérifie jamais. Elle dit qu'elle sait tout ça, depuis le temps. Elle parle plus bas encore pour ajouter qu'il y a mieux : ils couchent tous ensemble. Ils ont même aménagé un petit baisodrome, en bas, à l'étage des cellules d'isolement. Elle dit qu'ils pourraient au moins le prêter aux locataires historiques et ça fait rire Luis, le plus ancien ici. Elle dit aussi que les fous, ça n'existe pas : ce sont juste des êtres qui n'ont pas encore rencontré le lieu de leur normalité. Un fou, c'est comme quelqu'un qui chante faux : il essaie de chanter ce qu'il ne peut pas chanter, mais il chanterait juste s'il savait quoi chanter. Elle dit que personne ne chante faux et que personne n'est fou. Elle dit que les premières oies sauvages sont passées ce matin mais que d'autres passeront, demain et dans les jours qui viennent. Elle ajoute que c'est important, le vol des oies sauvages : elles dessinent des messages dans le ciel.

J'aime bien écouter Léone, la regarder aussi. Elle a dû être un bon professeur, elle sait raconter et capter l'attention. Quand elle parle, les yeux de Luis brûlent d'un amour infini. Ce matin, j'étais en train de m'occuper des fleurs quand j'ai entendu le cri des oies sauvages. J'ai levé les yeux vers elles et je les ai vues, en V, qui fuyaient l'hiver et se tendaient vers l'Espagne. Je suis resté longtemps sans bouger, à les contempler : je sentais le vent qu'elles affrontaient, je sentais leurs ailes qui insistaient, je les sentais jusque dans les muscles de mes bras ; elles savaient où elles allaient avec une force folle.

13

Celui-là, je l'aime bien. Il n'est pas comme les autres. D'ailleurs il m'a dit qu'il n'était pas un médecin, pas exactement. Il ne pose pas de questions, il ne cherche pas à me faire prononcer des phrases précises. Il n'a pas l'air étonné quand je lui dis que je me plais ici. Il n'a jamais l'air étonné. Il se lève souvent et marche derrière moi pendant que je continue à parler à son fauteuil vide. Il m'invite à dire les choses comme elles viennent et je me demande parfois s'il m'écoute. Il doit le sentir parce qu'il dit simplement : « Je suis là. » J'aime sa voix quand il reprend son espèce de refrain : « Dites, dites comme ça vient. » Alors je parle et ça me plaît. Je dis les choses qui me passent par la tête, j'ai l'impression que ça change tout qu'il soit là, même s'il se tait. Je me rends bien compte que tous ces mots n'ont parfois pas grand sens, moi-même je ne les comprends pas toujours, mais ça ne le gêne pas. Un jour, il m'a confié qu'il n'y avait rien à comprendre, qu'il fallait juste entendre : entendre ce qui est. « Dites, dites ce qui vient. » Il ne porte pas de blouse blanche mais des vestes informes sur des chemises ouvertes. Il m'appelle « la comète » depuis que je lui ai parlé de ce savant que j'avais un jour entendu à la radio. Il racontait que c'était une comète qui avait rendu la vie possible sur Terre, il y a des centaines de millions d'années, en la percutant violemment. Il avait une voix tremblante et inspirée, il répétait que cette comète avait apporté l'eau et les premières molécules organiques. Sans cet accident astral, statistiquement hautement improbable, il n'y aurait jamais eu de vie sur Terre.

Quand j'entre dans son bureau, il m'accueille souvent d'un « Ah, la comète ! » et me propose de m'asseoir. J'aime sa manière de ne pas juger, de ne rien attendre, mais aussi d'accueillir mes paroles avec une sorte de jubilation muette. Je suis donc déçu qu'il m'annonce son départ. Je lui demande pourquoi et il me répond sur le ton de la plaisanterie, faisant allusion à une de nos séances : « Il n'y a pas de pourquoi. » Je lui serre la main et il me dit qu'en fait, il y a un pourquoi : le directeur du centre n'apprécie pas ses méthodes, et lui reproche son peu de résultats. En quittant son bureau, j'ai l'impression qu'il veut ajouter quelque chose, qu'il hésite puis se ravise, mais je n'en suis pas sûr.

14

Un mot revient souvent dans la bouche du médecin, le mot comportement. Je vois bien qu'il aime le prononcer. Il dit qu'un comportement n'est pas une fatalité. Qu'on peut le changer mais petit à petit, pas à pas. Qu'il y a des méthodes pour ça et que c'est un métier.

Aujourd'hui, justement, je trouve que son comportement a changé. Quand je lui dis que j'aime cet endroit avec son jardin et ses pensionnaires, il ne semble plus souffrir comme avant, comme s'il s'y résignait, comme s'il avait cessé de refuser ce que j'éprouve. C'est peut-être une stratégie mais c'est quand même différent. Il a un stylo-bille qui sort de la poche de sa blouse et les mains à plat sur le bureau. Il me dit qu'il veut comprendre ce que je ressens. Il me demande si je peux nommer ce sentiment, si je peux mettre un mot sur ce dont j'ai parlé, cette chose qui monte dans le ventre et même dans la gorge et qui parfois surgit quand je ne m'y attends pas. Je crois que c'est de la joie. C'est le mot qui me vient. Ses mains sont jointes devant lui et sa tête penchée. Il me fixe toujours. Je ne sais pas s'il pense à autre chose ou s'il est concentré et puis c'est comme un cri du cœur : « Mais… il n'y a pas de raison ! »

Je regarde autour de nous, les branches des arbres par la fenêtre et puis le bleu du ciel, les nuages blancs qui filent, je songe à tous les corps que j'ai aimés et au sol sous nos pieds. Alors je lui demande s'il sait simplement que le monde existe. Mais il ne semble pas comprendre et de le voir ainsi, immobile et muet, les yeux gris, de voir son visage insister dans l'incompréhension, quelque chose se brise en moi. Je l'attrape par le col de sa blouse et le secoue de toutes mes forces en lui demandant à nouveau s'il sait que le monde existe. J'ignore ce que son crâne heurte mais le sang coule et j'en ai partout sur les mains, alors je le repousse aussi loin que je peux et il emporte dans sa chute la grosse armoire de fer. Les hommes de la sécurité sont rapides mais je suis déjà loin, j'ai brisé le carreau, j'ai sauté par la fenêtre et je cours dans le jardin.

J'entends la première détonation et j'ai le temps de me dire que je ne sens rien, le temps de courir vers le mur du fond et même de bondir en zigzaguant, je cours de plus en plus vite mais ce n'est pas facile à cause des herbes hautes. Puis il y a une autre détonation et une autre encore et je vois bien maintenant que ma course s'est achevée parce qu'il y a tous ces visages et le ciel derrière. Ils sont nombreux, plus nombreux que je le pensais et sur leurs mines sérieuses, professionnelles, je lis qu'ils croient avoir gagné. Mais je sais que c'est faux. Léone avait raison : elles n'étaient pas toutes passées. Je les entends d'abord et juste après je les vois : soudain elles sortent des nuages et c'est comme un triomphe, une marche que rien n'arrête.

DU MÊME AUTEUR

LA PLANÈTE DES SAGES, vol. 2, avec Jul, *Dargaud*, 2015

LA JOIE, *Allary Éditions*, 2014 (Folio n° 6122)

QUAND LA BEAUTÉ NOUS SAUVE, *Robert Laffont*, 2013, *Marabout*

PLATON LA GAFFE, avec Jul, *Dargaud*, 2013

UN HOMME LIBRE PEUT-IL CROIRE EN DIEU ? *Éditions de l'Opportun*, 2012

LA PLANÈTE DES SAGES, vol. 1, avec Jul, *Dargaud*, 2011

CECI N'EST PAS UN MANUEL DE PHILOSOPHIE, *Flammarion*, 2010, *Librio*

LES PHILOSOPHES SUR LE DIVAN, *Flammarion*, 2008, *J'ai Lu*

UNE SEMAINE DE PHILOSOPHIE, *Flammarion*, 2006, *J'ai Lu*

LES INFIDÈLES, *Flammarion*, 2002

DESCENTE, *Flammarion*, 1999

COLLECTION FOLIO

Dernières parutions

6086. Karen Blixen	*Histoire du petit mousse*
6087. Truman Capote	*La guitare de diamants*
6088. Collectif	*L'art d'aimer*
6089. Jean-Philippe Jaworski	*Comment Blandin fut perdu*
6090. D.A.F. de Sade	*L'Heureuse Feinte*
6091. Voltaire	*Le taureau blanc*
6092. Charles Baudelaire	*Fusées – Mon cœur mis à nu*
6093. Régis Debray et Didier Lescri	*La laïcité au quotidien. Guide pratique*
6094. Salim Bachi	*Le consul* (à paraître)
6095. Julian Barnes	*Par la fenêtre*
6096. Sophie Chauveau	*Manet, le secret*
6097. Frédéric Ciriez	*Mélo*
6098. Philippe Djian	*Chéri-Chéri*
6099. Marc Dugain	*Quinquennat*
6100. Cédric Gras	*L'hiver aux trousses. Voyage en Russie d'Extrême-Orient*
6101. Célia Houdart	*Gil*
6102. Paulo Lins	*Depuis que la samba est samba*
6103. Francesca Melandri	*Plus haut que la mer*
6104. Claire Messud	*La Femme d'En Haut*
6105. Sylvain Tesson	*Berezina*
6106. Walter Scott	*Ivanhoé*
6107. Épictète	*De l'attitude à prendre envers les tyrans*
6108. Jean de La Bruyère	*De l'homme*
6109. Lie-tseu	*Sur le destin*
6110. Sénèque	*De la constance du sage*

6111.	Mary Wollstonecraft	*Défense des droits des femmes*
6112.	Chimamanda Ngozi Adichie	*Americanah*
6113.	Chimamanda Ngozi Adichie	*L'hibiscus pourpre*
6114.	Alessandro Baricco	*Trois fois dès l'aube*
6115.	Jérôme Garcin	*Le voyant*
6116.	Charles Haquet et Bernard Lalanne	*Procès du grille-pain et autres objets qui nous tapent sur les nerfs*
6117.	Marie-Laure Hubert Nasser	*La carapace de la tortue*
6118.	Kazuo Ishiguro	*Le géant enfoui*
6119.	Jacques Lusseyran	*Et la lumière fut*
6120.	Jacques Lusseyran	*Le monde commence aujourd'hui*
6121.	Gilles Martin-Chauffier	*La femme qui dit non*
6122.	Charles Pépin	*La joie*
6123.	Jean Rolin	*Les événements*
6124.	Patti Smith	*Glaneurs de rêves*
6125.	Jules Michelet	*La Sorcière*
6126.	Thérèse d'Avila	*Le Château intérieur*
6127.	Nathalie Azoulai	*Les manifestations*
6128.	Rick Bass	*Toute la terre qui nous possède*
6129.	William Fiennes	*Les oies des neiges*
6130.	Dan O'Brien	*Wild Idea*
6131.	François Suchel	*Sous les ailes de l'hippocampe. Canton-Paris à vélo*
6132.	Christelle Dabos	*Les fiancés de l'hiver. La Passe-miroir, Livre 1*
6133.	Annie Ernaux	*Regarde les lumières mon amour*
6134.	Isabelle Autissier et Erik Orsenna	*Passer par le Nord. La nouvelle route maritime*

6135. David Foenkinos — *Charlotte*
6136. Yasmina Reza — *Une désolation*
6137. Yasmina Reza — *Le dieu du carnage*
6138. Yasmina Reza — *Nulle part*
6139. Larry Tremblay — *L'orangeraie*
6140. Honoré de Balzac — *Eugénie Grandet*
6141. Dôgen — *La Voie du zen. Corps et esprit*
6142. Confucius — *Les Entretiens*
6143. Omar Khayyâm — *Vivre te soit bonheur ! Cent un quatrains de libre pensée*
6144. Marc Aurèle — *Pensées. Livres VII-XII*
6145. Blaise Pascal — *L'homme est un roseau pensant. Pensées (liasses I-XV)*
6146. Emmanuelle Bayamack-Tam — *Je viens*
6147. Alma Brami — *J'aurais dû apporter des fleurs*
6148. William Burroughs — *Junky* (à paraître)
6149. Marcel Conche — *Épicure en Corrèze*
6150. Hubert Haddad — *Théorie de la vilaine petite fille*
6151. Paula Jacques — *Au moins il ne pleut pas*
6152. László Krasznahorkai — *La mélancolie de la résistance*
6153. Étienne de Montety — *La route du salut*
6154. Christopher Moore — *Sacré Bleu*
6155. Pierre Péju — *Enfance obscure*
6156. Grégoire Polet — *Barcelona !*
6157. Herman Raucher — *Un été 42*
6158. Zeruya Shalev — *Ce qui reste de nos vies*
6159. Collectif — *Les mots pour le dire. Jeux littéraires*
6160. Théophile Gautier — *La Mille et Deuxième Nuit*
6161. Roald Dahl — *À moi la vengeance S.A.R.L.*
6162. Scholastique Mukasonga — *La vache du roi Musinga*
6163. Mark Twain — *À quoi rêvent les garçons*
6164. Anonyme — *Les Quinze Joies du mariage*
6165. Elena Ferrante — *Les jours de mon abandon*

Composition Nord compo
Impression Maury Imprimeur
45330 Malesherbes
le 6 février 2017.
Dépôt légal : février 2017.
1er dépôt légal dans la collection : mars 2016.
Numéro d'imprimeur : 215286.

ISBN 978-2-07-046749-5. / Imprimé en France.

309677